孤独，
既定的选择

西子谦

孤独，是清高，
是一个的人思想潜行。
在风高月黑里飞檐走壁，
在天地日月中踽踽独行。
独行中，
思想的火花闪耀着智慧的光芒。

中国社会出版社

聊以禅意慰风尘

——序言

茶痴。文痴。心痴。

——这是我用来形容文友西子谦的。

茶痴。西子谦恋茶成癖，红、绿、黑茶皆视为佳人，千方百计"娶"进来，还不忘美其服、饰其居，做出一些好茶具，不亏待这些佳人们。广西钦州，是坭兴陶的故乡，也是西子谦的故乡。西子谦以坭兴陶为素材做文章，做出了品型兼美的坭兴陶壶，一茶之牵，幻化出此生难以割舍的情缘。坭兴陶为"四大名陶"之一，丝毫不比紫砂差。西子谦瞄准这些，创作了多篇散文，通过知名期刊、新媒体平台向外推介。千年坭兴陶，在他的笔下打磨出了古朴深沉的光华。

文痴。我曾用一个句子来形容西子谦，那就是"寻章摘句老雕虫"。西子谦的散文是美的，美在字里行间所流露出的儒雅之香、遣词造句的考究之工、立意谋篇的匠人风范。这个世界在呼唤匠人精神，对于文字来说，西子谦就是匠人。他文字中时常流露出的禅意，让人阅读下去，似有菩提在侧、梵唱在心；读罢，神清气爽；出门去，吐纳之间都是淡淡的禅的气息。好的文字可以让人放下刀戈，我读西子谦的诸多散文，常常觅到这样的感觉。

心痴。一个人喜欢暗自思索，想那朗朗乾坤，想那皎洁明月，想那

缕缕清风，想那累累硕果，只琢磨事，不琢磨人，用青灯黄卷来陶冶自我，用一笔一画来顿悟自我，用一篇一章来锻造自我，这样的人是有心瘾的。我所认识的西子谦就是这样的，他常常在午夜或凌晨给我发来新写的散文，让我帮他推敲。推敲哪儿敢，他的很多文字都已经达到发表的价值，只是他从来不善经营此务，写好了，就存在那里，似经年普洱，让人感知历久弥香。

这次，西子谦一次性拿出近百篇美文，呈现在我面前，着实让人十分讶异。因为，平日的他还忙着打理所属企业（多家地产和茶社），哪有时间写这么多文字。身处商海，欲念的风浪很容易泯灭人的心智，西子谦似乎丝毫不为其所扰，反倒守得住一份心灵净土，看得出云开雾散，悟得出星稀月明，实为难得。据说，这本书付梓以后，还将有第二本散文集谋划出版，这种创作进度完全赶得上一个职业作家了。这就更能体现出我形容他的雅号——"文痴"。

读罢这本书的全文，正值初冬。窗外，霜雪霖霖，屋内，字字珠玑，似从菩提树上新鲜采摘下来的果品，清风扑面，亦可摩挲出岁月厚实的包浆，用来抵御生活中一切的寒冷。因此，不管您是偶得，还是有意去买，当您手握这本书的时候，定然是心怀坦荡、风波落定、无限温暖的。

是为序。

李丹崖（中国作家协会会员，多本畅销期刊签约作家）

目 录
Contents

第一辑　细述流年看风烟

生命是一支烛火，清醒时，烛光明媚；蹉跎时，烛火萎靡；自弃时，烛台倾颓。做好自己，你就是那根坚定的灯芯，用信念点火，光明地照亮生命的殿堂。

独舞，成一树花开 / 003

把自己的篇章，读到痴迷 / 006

江湖诡谲 / 009

恰当出色，才华不逞优越不显 / 014

念 / 018

曲起帘动 / 020

缘起缘灭 / 023

欣赏，是一种内心发现 / 025

几十年以后 / 028

人生无常，疼痛皆常 / 030

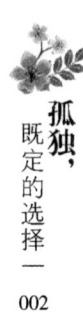

同频相吸 / 033

快乐的级别 / 035

静美 / 038

终究，只是过往 / 042

穷·贵 / 045

第二辑　心念沉浸享太平

所有伟大的心灵都是孤独的心灵，孤独，是关乎自我灵魂的拷问，也是自我对照和品级过招。你是那个打败旧我，重塑新我的人吗？在关乎美的路上，你是否总是对世界充满青睐？

美的化身 / 051

虚实往来 / 054

交往的距离 / 058

离殇 / 061

相遇 / 064

大美无言 / 067

孤独，既定的选择 / 070

察言见底 / 073

深陷，是在意里折腾 / 077

听雨，是一种境界 / 082

体面活法，不形于色 / 085

最美好的东西 / 089

品级过招 / 094

初秋，风起 / 098

唯美不弃 / 100

美的隽永——含蓄 / 104

恰好 / 106

美的绽放 / 109

人生无常，冷暖自知 / 113

独一味 / 116

第三辑　物我两忘存执念

忘我如茶，高山上的那个我被抛在故乡，沸水里被唤醒乡愁。数次冲泡洗涤，留给世界的总是一缕春意，一脉馨香，哪怕是茶渣，也可以用来做花肥。茶不以茶自居，故而为茶，人不以己自居，故而豁达。

不听弦断 / 121

生活的风雅，不是附庸得来 / 123

爱恨到极处 / 126

其实，是雨滴敲心坎 / 129

恋，执一念 / 132

人生，愿是一盏茶 / 135

彷徨，那是心在颠沛 / 138

无须悦人，更须悦己 / 142

秋雨梧桐 / 145

拥有个性的活法 / 149

风骨 / 152

其实是听心 / 155

心若折腾，风雅尽褪 / 158

乍见之欢，难以长久 / 162

浮动的心，难赴清欢 / 165

圣德山房，清雅玄妙 / 168

念念不忘，此情可待 / 171

人性的抗争 / 174

纠缠·不清 / 177

一盏乾坤，以修清心 / 181

第四辑　不忘初心得本真

太多的人总是追着欲望放纵贪念，健步如飞，回首处，忘了最初的起跑线。人生是一场垂钓，放得下，是钓鱼，放不下，是被钓。唯有内心无为，才能获得生命的大无畏。

久处不厌，唯是轻松 / 187

守住初心，保持本真 / 189

万径人踪灭 / 191

夏，铮魂之最 / 195

红尘修行 / 197

背叛后 / 200

似是深刻，只是浮云 / 206

无声较量 / 209

简单成大美 / 212

足够的谦卑，盛大的拥趸 / 214

墙上的记忆 / 217

有些人，终究形同陌路 / 221

从容不惊，人间过客 / 224

披心付出，怎么相算 / 227

放肆的贪婪 / 230

茶与人的江湖 / 234

无为，皆大作为 / 237

后　记 / 240

| 第一辑 |

细述流年看风烟

　　生命是一支烛火,清醒时,烛光明媚;蹉跎时,烛火萎靡;自弃时,烛台倾颓。做好自己,你就是那根坚定的灯芯,用信念点火,光明地照亮生命的殿堂。

独舞，成一树花开

曾几何时，习惯在思想上寂寂无声独来独往，享受那种心无旁骛一片寂清的俱静。

这与孤傲无关，也不会是无度自私。心，不是盛容不了世界与人群，是宁可与清欢独舞，也不需要万千喧浮尘世缭绕。

因为，自己的世界，可以让自己做到进退自如，冷暖自知。

有些话，说了没人懂，不说也没人问。有时候，更愿意自己与自己一番对话，一番置腹，淋漓尽致中入心入脑，那是自己对自己的寄宿。

没有一个有生命力的物体，不为自己的价值去舒展菁华。引申而来，如果一个人，不为自己的生命负责继而焕发激情，那么，他的悲哀在于对自己生命的亵渎，犹如行尸走肉一般的苟活，没有意义可言。

灵魂是肉体最好的知己，裙带关系，唇齿相依，缺一不可是——自己。

自己与自己不会相忘于江湖。再大的江湖，也由自己闯荡，行走江湖，心中有自己，从此不冷。

你是谁？你是自己。自己可以驾驭自己，是不需要和谁打招呼，走停行止自己安排。所以，自己的命运是自己主宰。

一个生来与众不同的人，是没有一个人可以复制效仿得了自己的人，也没有一个人习性思想是完全相同的。

于万千人群中或许只会有习相近，某一天，残留下来的更多的是记

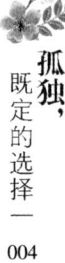

忆的唏嘘，只因，性自相远，也自远去。

满怀惆怅，尽付叹息声。最后，明白自己才是自己最温馨的世界，喜怒哀乐了然于胸，七情六欲也盛装于心。原因是，在某些时候自己能澄清自己，也能自己说服了自己。

没有谁可以对自己更了解。也唯有自己的忧伤欢喜，于心间独自品味，悲与喜，肩并肩，同相永。

人生在世，不能没有朋友。在所有朋友中，不能缺了最重要的一个，那就是自己。缺了这个朋友，一个人即使朋友遍天下，也只是表面的热闹而已，实际上是拼命地掩饰着空虚的精神世界。

做成一个自己，不是件容易的事。做个真实的自己更是件难事。

不仅需要腰杆的刚朗，更需要意识里有不屈服的劲扬。

最大的敌人，不是别人。是自己没有勇气给自己树起可以征战八方横扫千军的旗杆，自己征服得了自己，才有可能征服得了别人。

与此同时，赢回了自己，也就有了自己的风范，有了自己的阵地，所向披靡，愈演愈烈。否则，风声鹤唳，便四面楚歌。

自己是谁？自己是血肉与骨魂的组成，承秉天地之精华，食五谷之良粹。几十年来，才得成美轮美奂与众不同的自己。

很多时候，我们面对生活，表现得无奈自欺，更多时候是自己为自己辩护，掩饰自己，是不想让人看到自己。冥冥之中就很难过，却必须微笑，本来就痛苦，却必须洒脱。

成败荣辱，自己为自己喝彩，自己永远是自己的观众，也是自己的听众。自己为自己，可以抛开一切。为什么呢？答案是为了自己。

尽管是受到全世界人遗忘，自己还是需要在世界中穿梭，只为了自己的生命。最爱惜，最膜拜的也只有自己。

如果你要憎恨自己，说明你还不够成熟。成熟的标志是无论风有多急雨有多烈，可以把自己梳理得整洁、雅致。你必须热爱自己，一生才有所依。

不是每个人都能读懂自己，有些人用半生去为自己自辩，又用半生为自己悔改。不懂，所以轻贱了自己。直至，某一天，幡然悔悟，原来，自己都不懂自己。

一袖苍凉，拢倾侵己心。多大的痛，多伤的口，最终，是自己给自己治愈，自己给自己埋葬不幸。原因是，所有的微凉，自己感受才知根也知底。

最大的气魄是，你可以败落，却不能自己败了自己。若是，自己败坏了自己，那不是人的活法，连疼痛都不敢抗衡，还谈什么去证明自己能行。

谁没有过挫折失败，那就永远与成功失之交臂。谁不是在挫败中锻造自己，那就永远不能从容不迫决战千里。

智者的人生，是从不妄自菲薄更不妄自尊大，把自己整个人生定位得很妥当，打理得舒心。因为智者知道，自爱与自信是人生的主旋律。

世间，所有的寂寥落寞袭来，不过是自己没有独舞。别渴望太多观众的雷动掌声，你的人生最好的听众是自己，最响亮的掌声也是自己给自己。

独舞，成一树花开。

自己以外的天空，虽绚丽多彩，自己也是宇宙间独秀的一枝。

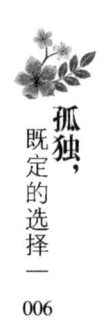

把自己的篇章， 读到痴迷

人生这一本书，不经意间就翻翻看过了，最后读完后留不下了记不着读不懂也懂不了。

认真读来不经意间就泪眼蒙眬，读到了深处是眼泪阻止了再读下去的认真。

不读，不懂；不读，不知。可生活偏偏需要人读得足够认真，读得足够仔细，才领悟一二。人生就三天，却用尽一辈子的时间来读懂从前、读当下、读以后。

读着读着，看在当下；读着读着，想起了从前；读着读着，预见了以后。

读着，书页愈发泛黄，眼睛愈是昏花。最后，读着就沉沉睡去。也不知有多少人生遗憾，也不懂还有多少未了的愿。

读着，就是在大彻大悟里幡然醒来。

恍然如梦，如梦，聚散分离，朝如春花暮凋零，几许相聚，几许分离，缘来缘去岂随心。青丝白发转眼间，蓦然回首，几许沧桑在心头。

读着读着，独自泪空流。百千夜尽，谁为谁化青盏一座，谁又为谁倚门独望过千年烟火。

没有谁为谁。

独守一生并非能读懂字里行间，能读懂自己生命的字句唯有独自咀嚼。

总是夜，万籁俱静。

独捧一本自己的书本，来回踱步在廊桥之间，读到迷离的昏沉去。

独品一句费解的字词，反复思忖在字里行间，读到苦思的痴狂去。

不可自拔，不是懂了的深陷；是不懂的忘我投入。不懂就不知，不知便不觉！不知不觉迷迷糊糊……

命的觉醒，并非一目十行的速读。细咀慢咽品到真知真味，你总得读懂自己的章法。

自己的故事不求惊心动魄，能足以耐人寻味即可；故事的情节不求大起大落，能足以区别于平庸乏味即行。

谁把故事掩埋，故以平凡示众。谁的故事不是丝丝入扣，谁又把丝丝来倾吐给谁听？在他人听来任何的故事在别人那里总精彩不过自己，谁的故事不是传奇在世？

自己的故事，自己的内容，唯独自己品，也只是你才懂！你需要知道，人生的主角把生旦净末都一一演绎，生活的滋味把酸甜苦辣都一一尝尽，就是一本最最耐人寻味的书！

人生的遗憾也只不过是太多缺憾。缺憾，是一种活在现实中的不甘心，既不甘心于缺憾又不曾敢披心沥胆于半知半迷之间书写，最后都难成恢宏篇章。

任何的败絮其中，来自于追求过分的华丽。华丽的本身容不下一丝丝的瑕疵，过分的追求无疑就是过分的修饰。

磅礴的篇章，藏有大气象。

气象万千的章节，尤其的灵动！一本引人入胜的章节伏笔在于内容的生动。真正能扣人心弦的过往都是非凡的下笔。

生命，是一张宣纸。于人生的路途落墨，一旦落墨从不能抹去。一个人的一生墨已尽，一个顿足，一个回望，照见自己的一切！

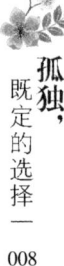

下笔生风出神与否,从一开始就已经伏笔。

有些人,看似平常,下笔非凡韵意十足;有些人,看似高深,落墨苍白不堪直视。表面上来看每个人都有故事,而内容面前晦暗消沉的是乏味,熠熠辉光的是生动。

字句段落之间,娓娓道来;未曾读完,那字字已道尽每个细节的用心,未曾读完掩面而泣,不是感动而是透见曾经的艰难竭蹶也从不忘了章法!

把自己的点点滴滴汇流入海成就浩瀚。

那年那时,所有的曲折与浪花,最后流淌在静安里奔涌。

像一本好书,读着读着会触动心弦,然而都是喜而生泣;读着读着,痴迷在自己惊心动魄的篇章里咀嚼英华。

咀嚼着不悔的曾经,品味着感动的当下,续写着传奇的未来!

不必频繁侧目于他人的篇章,每个人的经历不同,故事亦迥然不同。

足够有韵味的书,不待翻开就已嗅得暗香浮动。

写好自己,于字句间亦读亦诵都朗朗上口,读着自己,于段落间亦形亦魄都刻骨铭心。

当,芳华不在或落墨已尽时,不问篇章盛行不求诸众皆知。偶尔独坐阳台边,读着读着到自然间书落人寝去。至少,总有一段刻骨铭心催得泪下的章节。

将一生爱过、恨过、伤过、痛过乃至于成过败过写成一本自己的书。无关岁月,无关心情,每每读着就舒服开朗,不需要太多人懂,看得懂悟得透用一笑泯然过往爱恨情仇。

闻着书香,恰似自己用这些年来酝酿的幽香……

每每嗅闻,书香袭人;每每翻开,灵光乍现。唯这样,才是独香的自己。

江湖诡谲

一池水，一江湖。

活在池中的鱼儿，欢然跃愉。空间的局限与空白，阻挠不了它们的跃游与逐追。它们有它们的生存方式。

一池水的生活，却能演绎出独具一格的个性世界。

闲时，我十分喜欢坐到一旁，观赏书房里的鱼池，把砖墙朽木做成残垣断壁，再把热带雨林的丛草乱木结为一体，既沧桑又极富自然。鱼，放游于池，恰亲临归处。

那是，一个鱼和水的世界，一个充满斑驳陆离、云波诡谲的江湖，一个暗藏玄机、无情杀戮的群体。

从观赏来看，虽供于赏心。但，禁锢于池缸的各类鱼儿，却有别样的江湖传奇。每每静赏，只好静坐一旁，不敢嘲弄，不敢谑戏，静读它们的爱恨情仇江湖恩怨，大智大慧上的博弈。从此，更多领悟江湖事。

鱼缸，我仅养四种鱼儿，每种若干条。名叫地图鱼、鹦鹉鱼、招财鱼，还有银龙鱼。各种鱼身标志着纹路，鱼鳞异样，甚是精致。瞬间，斑斓了整个鱼池的景色。

地图鱼生性威猛，个不大，灵武着。鹦鹉鱼、招财鱼，不问世事一般，你玩你的，我玩我的。银龙鱼，个子硕大且强健，游奔生风。

最初，各自游玩，看似各不相干，不相往来。不久，鹦鹉鱼、招财鱼自结一体，似乎是打得火热。而地图鱼，稍有个性，自成群体，谁都

不屑往来。银龙鱼，亦然。

这个江湖里慢慢演绎着残酷、自私、贪婪的一面，它刻写在岁月的城墙上，无情地在现实里暴露得一览无余。

无论采取什么方式来生存，总得先吃饱穿暖，这是最基本的生存需求。其次，有个自己栖息地，交三几志趣相近知己，共行走这个江湖。

平日里，我隔三岔五会喂鱼食，鱼食都在一定时间投放，有食物的日子里，鱼儿们倒都自得安然，和谐共处。

有一阵子，我忘了喂食。某一天，鱼儿，饿了，觅食。说白了，就是开始为觅活争斗相残。地图鱼先发攻势，欲吃了招财鱼，招财鱼怎能屈服，逢战必应，逢攻必攻。几经轮回，双方不败也不伤（在刻意追逐利益面前，总会树敌，利益有多大，敌手就有多大）。

地图鱼知道，旗鼓相当，先按兵不动，蓄势待发。一转头，开始对鹦鹉鱼攻击，鹦鹉鱼几次应对，都伤痕累累，每每都是从招财鱼那里搬来救兵，方能保得一时安宁（惯常恃强凌弱，总会有强者来抗衡）。

银龙鱼，倒是优哉，不惹谁，也没有谁敢来惹它。它独处观战，隔岸观火，不闻不问（有些从表面上看，不问世事，不沾尘嚣，实际上暗藏玄机，欲坐收渔翁之利）。

于是，分为三方派系，形成三股势力（志趣、爱好、性情相近，自成同体，同仇敌忾）。

随后，招财鱼与鹦鹉鱼同盟，地图鱼、银龙鱼各自为政。

最开始，地图鱼先掀风波，很明显，不动不攻性命难保，不吃不食更是要命。鹦鹉鱼，一直就是它虎视眈眈的食物，招财鱼则是它的对手，难以较量高低，而银龙鱼体积庞大，它从不敢招惹。

这是一场生与死的较量，在无声中慢慢进行着。关乎生命，关乎权力，关乎地位。都是致命的需要，缺少了就性命难保。几种鱼类，各自为营，各取所需（任何的生物，总有自己的需求，表现与不表现，说与不说，其实都藏匿着，也都明白自己想要些什么）。

地图鱼，一直与鹦鹉鱼周旋不休，三番五次招财鱼都率先相助。久了，倦了，每次都帮，你鹦鹉鱼从不强大自己，久而久之，开始睁只眼闭只眼，不想再去理会。最终，鹦鹉鱼还是慢慢被地图鱼吃了（谁都需要同盟。帮太久，会厌倦，也慢慢失去同盟应战的宣誓，在生死面前，谁都不是谁的靠山，谁都不是非得用生命去为谁排忧解难）。

经过几次猛烈的攻击，鹦鹉鱼丢盔弃甲，溃不成军，一个个给地图鱼成了盘中餐（即使是同类，为了生存，不惜背着罪名也要保证食物的供给。如果不攻，那是自陷，当群体的利益受到威胁，生命也就危在旦夕，不惜代价也保全生命，掳获生命的物资，这就是变得更强大富有的手段）。

地图鱼，本性上的贪欲，不择手段，于江湖里皆知。鹦鹉鱼，于这个鱼池里慢慢被消灭吞没，从此这个江湖不再有踪影，落下懦弱无能的骂名（强大与弱小的较量，往往强者得势。江湖太小，总是有纷争夺取，不是谁去招惹谁，不想招惹也会有其他伤及。不强大，迟早会抗拒不了残酷的吞没，鹦鹉鱼太享受安逸招致悲惨下场吧）。

到了某天，也许是地图鱼已饥肠辘辘，矛头就直指招财鱼。几番对峙，几回激战，可就是难以啃下早已虎视眈眈的对手，毕竟双方势力平分秋色，不分上下（贪婪无度，会成疯狂。就是不知道是在挑战自己贪婪的手段还是在挑衅江湖的平静。倘若两者都不是，那么，应该是生命岌岌可危时的扭曲，原因也就是，那群势力在成为它安全的一种震慑。所以，先下手为强，否则惶恐不安，浑身不自在）。

隔几日，我出差几天回到家，匆忙到鱼池去看个究竟，乍为一惊。正见，银龙鱼在津津有味咀嚼着地图鱼的躯体，无一幸存（有时忘了

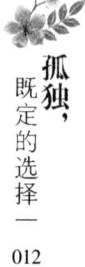

别人强大的存在，以至于无法无天，肆意妄为。我想，或者是地图鱼的作恶多端然成自虐吧，最终逃不过报应，避不开强大的来袭。不堪一击，源于从不自知、不自制、不自律）。

招财鱼以不生是非，独安一隅。然而，也逃离不了与银龙鱼的对决。只是，招财鱼在日以继夜里避开芒锋，不但没有受害，反而毫发无损（也只因为，招财鱼能居安思危，保持着高度的警惕，不惹是生非，不恃强凌弱，纵然银龙鱼频繁攻击，也能进退自知，游刃有余）。

到了最后，剩余下来的，仅仅是招财鱼与银龙鱼。假如，银龙鱼不对招财鱼挑衅，我想招财鱼也就会丧失了高度的灵敏。如果，仅仅是剩下银龙鱼，这个江湖里哪怕它拥有多高的地位与权力，都不再有谁去应和并承认它的权威。

也许，银龙鱼它知道，偌大的江湖里，仅只有自己的存在，即使封王称帝也会随之寂灭，那是多大的孤独啊（生活，总需要有竞争，也需要有对手，更需要欣赏。在我看来，银龙鱼想吞食招财鱼理应不费劲，立马就可以让其荡然无存，可银龙鱼有大智慧，偏偏就留下招财鱼的命，让招财鱼命悬生死攸关，又让其折服。留它一命，不必置于死地，也为彰显它的强大与慈善）。

这不，一池水，也仅仅是池中鱼物，都有不休的争战。有人的地方，就会有江湖。不论尊卑，不分身份，也不分界地，不管山野村夫，还是朝野重臣，生存都是这样的法则：邪不压正，弱不凌强，魔不胜道。

无论在哪，生活都需要你变得更强大，江湖处处有争斗，你不惹别人还不行，当别人惹你时，至少能以退为进，避开纷争，保护好自己。

一池鱼的江湖，诠释出江湖里全部的阴险与光明，善良与邪恶，贪婪与淡泊，宁静与浮躁。始终，唯有强大与慈善能幸存下来。

这个江湖啊，无论多么险冷，最大的成就是能保护好自己。最大的能耐，就是不卑不亢，心向着暖，那样的话，侠骨雄风不请自来。

江湖行走，虽是云诡波谲。不忘强大，不失本真。自己就是江湖的君王。

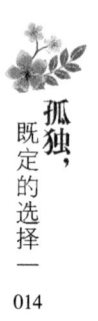

恰当出色，才华不逞优越不显

出色，活在人群里不平凡着行走，出类拔萃。

心身所投射而出的是一道与众不同的异彩。它是在生活苍白之上的落墨成山水景致花开怒鲜的盛放，它是在岁月苍茫里独行踽踽决胜千里之外所能登高望远一览众山小的豪迈。

把生活过到了极致，必然就会出色，于举手投足间万千奇彩的灵动。

最高品级的出色是什么？

是表现在一个人精神灵魂上的体面，生活形而下的优越。所表现而出的何止是言行举止的优雅，还有自然流露出那一份知足而幸福的神情呢。这样的底色，是一种生命翠郁的色彩，它潜伏在隐隐于内的灵动不息。

常人所理解的出色大多建立在物质上的拥有，区别于他人的优越用附庸风雅的方式折射这一道色彩。内心的无比虚无，也只能借用如此的方式来证明填补自己的出色。这样的底色，是一种生命的极度苍白，无法拥有底气来支撑起自然的出色，以至于逼使行为来表现不被生活人群看成的不堪。

前者着重于自我的追求以不懈的努力而独宠生命，后者着眼于形式上的渴求附加物质上来体现自己让人仰慕的取宠。

这两者间都是索求，取的形式方向不同：

一种是向外而求内在丰盈的索引，一种也是向外而求的身外索取。

充满智慧的人，他的出色也从来不过分去彰显，恰好的立身取舍之间不偏不倚。恰当的出色，不过分的夺目。

出色是备受人们追捧的一种优越的生活追求。从表面看来似乎谁都是源于内心的丰盈，精神富足。所有表面上的贫穷，不失于骨子的高贵，都不是贫穷。真正的贫穷，应该是失去风骨以后还拼命挣扎在对外光彩的一种仰慕。

人的悲哀，错把自己的出色来点缀生命的高贵。那不是高贵的出色，那是恐怕自己不被人群看好，恐慌瑟缩在悲凉的苍白生活之中苟活。

任何的出色，都有隐患。忌妒与生恨，损毁与中伤，诋毁与排斥。当然了，你的出色不存在对身外的威胁，就是一种最好的出色。

一把削铁如泥的宝刀，不见锋芒之光唯有不出鞘，不出鞘不是本身不锋利，就是有些锋利不必与其他锋利对较高低。宝刀，始终是宝刀，你的出色，始终是自己的享有。

但凡不过分，就不引人眼红，不结江湖怨愤。一个人的江湖地位绝不仅仅是出色来奠定，江湖的智者，更多就是通过自己的出色映衬更多的光彩。唯独如此，地位不飘摇。

不过分的，就不被他人看在眼里所见，竟因你出色他由此黯然神伤顿生忌妒渐次遭恨随后遭殃，防不及防是风来是雨袭欲益反损。

本就无过罪不应有，竟成了罪过。错在他人把你的出色凌驾在他的原本"出色"之上以至于人前人后灰头土面。

在一个圈子里的出色，自是光彩万千顾盼生辉。而出色的体现形式中最易讨人嫌是愚蠢的人把生活的出色投放在光鲜之上的炫耀，是唯恐他人所不懂他生活上的优越。

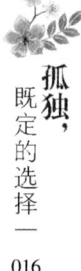

自己表现得忘情的尽致，促使背后引来更多的抨击。纵然是盖世之才，也不敢触碰立身的大忌。

处世立身的大忌，即是大肆张狂地显摆。

聪明的人或者是从未以出色示众，打心底就不声张不外露，尽管出色仍旧是才华不逞优越不显。却也因隐藏出色而掩埋不了的光彩，难免会遭人挑难与对峙，本身的立世并不犯忌，不屑于有些横飞而来的闲闲碎碎。

出色的人用化身的方式掩埋大红大紫的部分，宁可示众的是素淡与低调。优越，是一颗心处在薄情的世界里深欢地活着，而出色是一个人行走在同等的条件上精彩的立身。

优越在深欢，出色在精彩。

然而，人与人之间的同彩相映甚是寥寥，把好自己的底色不必过分出色，淡到极致或者是鲜到极致，不以此示众是一种立世的哲学。

恰当出色，无论行至哪里都是一种点装的色彩，于大红大紫前是绿装，于大素大简前是一点红，于大嘈大杂里是静香，于大喜大悲间是平和，于大是大非处是一笑。

当所有的人都注目叹观时，任何的色彩都不及你独安在一处时那般自然，惊现出气象万千的灵动。

这样的你足够的出色，却不惹尘世喧嚣之处的繁杂也不抢光夺色的挤占，所有的人定睛一看，唯之灵越，那一闪现点缀了周边无限人群的出色。

大成若缺，其用不敝；大盈若冲，其用不穷。不出色胜于出色，不言谈竟让人自得寻味……

我尤其欣赏水墨国画，常常痴看一幅山水国画的美。那山水迤逦俊秀，丛林枝叶遒劲，流云自然飘逸都处处应运而生，无限的江山就在那一淡一浓的相宜里醉了人的心,细细定睛一看那一点就落墨在浓淡之间的云端之上的夕阳格外生动,还有那一枚闲章恰到好处的落印顿然间活香生色。

这一点的出色映辉了整个画面的灵动。

这一点的出色晕染着山的雄伟,水的秀丽,枝叶的青翠,瀑布的飞逸,木屋的韵雅,还有老翁的挑柴的幸福神情……

人生不必热热烈烈大彩集宠一身,做好那一点的出色足以活香生色。

人与人往来亦如此。山归山,水归水,草木归草木,行云归行云。做好那一点,看似不相干却又尤其重要的一部分。

若不可缺去,又怎会生恨?

出色,仅此做一点。足好!

念

　　所有的念，若不是正念就是妄念；

　　所有的求，若不是善求就是妄求。

　　因为妄念，所以妄求。妄求，在得不到中沉陷，会入骨地含恨；在得到间会肆虐地撕裂，也会入心地自焚。

　　最好的拥有，就是从未曾拥有都一直保留着那分惊美。甚至，从不敢去惊动这一种让人窒息的美。

　　所有的得，就是在不得之间去追求。一直从未拥有，恰等于最好的拥有。

　　悲喜之间，就是一转念之间。

　　摧之心神，五脏俱损。大概也就是念念不忘。

　　得不到，更多的就是念念不忘。而失去，更多的也是念念不忘。得到属于过程的不念，不念就不会有了不了的妄想。

　　但凡每当得到，心生也不过如此时，怎记得当初耗尽心神的念念不忘殚精竭虑去追求？

　　人心不足蛇吞象。有些得到，也不过证实不愿屈服于追随，必将收于囊中方可大显能力与气概。

　　有些追求的得，并非因为内心的缺失。有时候，仅仅就是为了逞工炫巧彰显一种不败不屈的个性。这样的得，违背自然的追求，是建立在一种放肆上的索取。

这一念，弃之廓清，源于邪恶。看似念念不忘，实则念之企图。

一生所求，并非一生所依。沦陷在念念不忘里追逐不息恨之不得。

云淡风轻的念，得之我命，失亦我命。聚散如云卷云舒，来去如风亦无痕。持之一颗干净的心，凭借着丹心碧血所需所求。

不过分，就不负重。无论得失无论成败，一种超然于物外的从容，是常人所不能理解的深度。

这种深度不是不念也不是无欲无求，它是一种对人生得失的洒脱，一种诠释得失的豁达。

拥有这等情怀，得与失抑或是拥有与否，都是如行云流水般的自然惬意。不会失之而悲观厌世，不会得到而欣喜若狂。

放不下已成伤，也只因是放不下所得并不饶恕了自己的妄念，因此自我膨胀。

纵然爱到极致，有些过分的得到反而失去得更快。

有些人，宁可仰望不去触及。其实，都是一种成全，成全永葆着美好的存在。

爱恨与悲欢，就是一种抉择。

一念天堂，一念地狱的差距。

人生在世要活得足够的轻松，仅仅是需要在每一次的选择中正确着选择，太多会负重，太少会虚空，太偏会倾斜，太倚会偏离。

所有的念，源于正念善心，这一得失该得或失就不必恨之入骨耿耿于怀在患得患失之间失态。

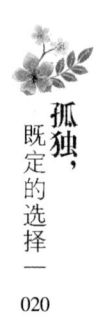

曲起帘动

  宇宙间的大自然日月生辉，承载并滋养生灵，利泽万物并集天地精华，蕴含慈恩，培育苍松翠柏伟岸，成就高峰峻岭巍峨，应承碧海蓝空的深邃，从而也勾勒了袅袅炊烟的人间，赋予了一曲奇美的生命神韵。

  行走于人间，游走过青山绿水，历练过得失荣辱，领略过人间风景，迈着求知与趋善的脚步向生活中走来，一路上哭过也笑过，恨过也伤过，徘徊过也失落过，那一些过往都是刻骨铭心的回忆，一曲如诉如泣的婉美之音。

  岁月无情，剥夺了曾经面若桃花的容颜。走过清秋，定格淡熟之时，繁华皆已落尽，似是一地的美景在无奈中支离破碎。待徐徐回首，所有过去的却是谱写一首沧桑的歌曲，在悲欢离合，阴差阳错，福祸所伏中协约谱组了此刻的音符。走到今生此时，音律已敲定，那当是暂告一段落地将身心栖息，成与败，输与胜，高与低就此浅笑搁置，因为过往既是弹过了，听过了也知晓了，所以，需要调整观点了，协调生活音律了。这时，不需要过于耿耿于怀，对过往回眸一笑也是一种洒脱。

  生活是有节律的，过往不能说是决定了人生的高度，也不是否认了人生的成就。此时，你若患得患失了，生活便也就恍恍惚惚了。其实，生活乐趣不需要拧捏的扭造，刻意了面目便会更加狰狞，应是注入有所色调的自然音节，生活才会露出对你慈眉善目的微笑。生活是一半纳新，一半吐故的循环勾兑，才出琼浆玉液的滋美；一阵高歌，一阵浅唱的更替轮回，才是奏起使人怦然心动的凯音。

岁月沉淀，锻造了成熟沉稳。捏住了心灵的骄浮，遏制了思想的轻狂，原有丰满的理想却在岁月中的摇篮里过滤了高亢，留下了平淡，留下了自然，只允许剩下生活中该有的音符组成部分。因此，生活需要惊涛骇浪的激情，也需要平淡无奇的蕴藏。最终，生活的曲调在大起大落跌宕起伏中终归于平定。

生活是有韵味的，只有笑没有哭，只有得没有失，只有喜没有悲这就不是完整生活了，完整的生活应该就是在悲喜交集，高低落差中去追寻平衡的姿态；行在不喜不悲，不疾不徐，不高不低，不过亦也不及的琴键上才是弹奏出最撼人心魂的妙美之音。

生活本是处处有妙美音韵的蕴藏，只不过一个"乱"字，对生活中曲调与节奏完全已丧失，没协和的生活就如同音律失调，以至于扭曲了生活曲调变成了阴阳怪气的唏嘘。生活音律尽失，键弦之上的张牙舞爪，把进退、取舍、黑白、是非已搞得混淆凌乱，奏起的当然是哀号，是悲戚，是痛苦，令人近听毛骨悚然，谁也不敢恭维品听。

一味去取，不会放也不行，会贪得无厌；一味去放，不会取也不行，会苟且偷生；

锋芒毕露的人也让人退避三舍，虚怀若谷才纳得贤才谋臣；

损人利己的人也让人见怒发指，谦谦君子取之有道才逢源；

生活需要了如指掌立于平衡状态下调和每一个键琴上的音节，才会拨云灼见善美与旷达。

鹰击长空，俯瞰苍生，翅有张弛，膀有收伸才能搏击苍穹，傲世遨游；溪流万里，盘绕江山，有直有折，有弯有曲才能点缀自然，美观源远。

生活的曲调，有快亦有慢，有进亦有退，有喜亦有悲，有成亦有

败,有得亦有失,这便是催促你在顺与逆、圆与缺中去丰满自己,充盈自己,完美自己。

唯如此,曲起尽得奇妙美。

缘起缘灭

缘即如风，来也是缘，去也是缘。已得是缘，未得也是缘。

缘，从不经意中触动到彼此心灵的深处，于是心与心相融，情与情交织。

缘，纵不需要姿态，彼此心间的花朵在静默中绽放，从而散发了芬芳，点缀了生命色彩。

佛说：五百年的回眸，换得一次的擦肩而过。假如，不是不经意中的相遇，谁会相信是因缘，拉近你我继而到相知甚至相思的顾盼。

浮华世界，唯缘难求。缘去缘来，只源于人那一瞬念的忽然之间。

天籁之音，百听不厌，陶醉于其中闭眼享受，这是缘于这一首歌曲真正引起内心的共鸣，牵引起灵魂的灵性，恰好某时与此曲相逢。所以，我愿意听，也源于我内心需要与恰逢天籁的相伴，这是一种缘。

精美文学，益于身心，回味字里行间思维与文字共融，这是缘于这一篇美文能够唤起我的灵知，恰在某时与此文相遇。所以，我需要看，也源于我知识的填充与美文恰巧的相见，这是一种缘。

走在云深不知处，那是云处已留有你一处缘地。因为有缘，所以相聚！冥冥之中是缘已在，那是某天某时，你会相逢这些翩跹而来的际遇。

缘，不是人为，是自然造化。强取不是缘，躲避也无助。该是你的，自然在某天某时降临于你。

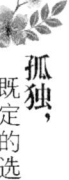

相遇是缘，错过也是缘。茫茫人海，谁成为谁的谁，谁又牵念了谁，谁又为谁而暮想朝思，牵肠挂肚？

尘世间无论为情为财，为名为权，多魂牵梦萦。只是，缘若未到来，都只能无分，挂碍过多，只会落下劳神损身。

"万法缘生，皆系缘分。"偶然相遇，有的人便是注定彼此一生的相濡以沫；有时人近在咫尺，心却恍隔千里，最后注定相忘于江湖。无论何种，也只是因缘交会的一刹那间。

福兮祸所伏，祸兮福所倚。人这一生得到的和失去的变幻无穷，幸福与痛苦相随，健康与病变相伴，成功与失败相对。

活在当下，珍惜拥有。笑对人生得失与荣辱。悠然自得，不必去埋怨，不必去牵强。因为，属于你生命中应该拥有的，不会失去。

缘起缘灭皆从自然，生活应随心，随性，随缘……

欣赏，是一种内心发现

读者留言说，夜深人静自酌成影，在天籁里与灵魂交集，文字如一剂毒药，不掺入苟合。我欣赏着，是在一树花下，深情而狂舞的你。

见字读罢，我几经凝思，几番揣想。

字间，欣赏一树花开，深情而狂舞的人。欣赏着别人，至少需要能停下来不动声色去欣赏着，所能心旷神怡。

懂得欣赏的人，是在静定里与哲思相守，是在眼界中望尽花开花谢。懂得欣赏，就会心间有陶醉。

一个因懂得欣赏，而内心不自觉就陶醉的人，他的心灵懂得发现外在的美。

他的心灵触角必然是灵巧敏雅。我，由衷崇敬亦是欣赏不已。

欣赏，就是一种向上之志，一种纯粹的给予，一种馨香的信赖。

懂得欣赏，就懂得外在事物原来如此的妙美。

麻木不仁致不懂自身以外的好，那必也只懂得自己的好，所以对美妙事物熟视无睹，那么不可一世自然显露。

不可一世的人通常会狂妄自大。这样的可怕之处在于，世间万物唯我独尊。然，他的论述就是人间世道参照的唯一标准。

说来悲哀。

狂妄自大本就不被人很接受，还妄想得到别人的欣赏。

谦虚低调的人，往往备受别人的欣赏。所有的欣赏，必定有可以欣

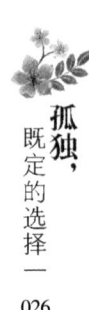

赏的一面。

浑然天成的山峦峻峰从不表白,自得众人仰望;行云流水的悠然自在从不拘束,自得众人羡慕。

做好自己,拥有与世无争的心,自然众人欣赏。

与其渴望人欣赏,不如做好一个会欣赏的人。一个会欣赏的人要由内而外发现美。正如著名雕塑家罗丹曾说:"生活中不是缺少美,而是缺少发现。"只有懂得欣赏的眼睛才能发现美。

善用欣赏眼光发现美,就是内心的发现。欣赏,就是一种成人之美仁爱之怀。

只有内心的发现,才熟视岁月如流并拥有感怀的心。

一朵花开得正艳,不是花朵本身有多美,而更多的应该是鲜艳的花朵有绿叶与枝柯之间的静美,鲜花怒放更是绿装守护,花开到花残的欣赏需要你默契神会。

欣赏者心中都拥有朝霞、露珠和常年盛开的花朵,而漠视者冰结心城,四海枯竭,丛山荒芜。

脍炙人口的钟子期与俞伯牙的知音相遇源于欣赏;鲍叔牙欣赏管仲所成莫逆之交与萧何月下追韩信也是一种欣赏;苏秦对张仪有伯乐之谊也是一种欣赏……

可见,欣赏别人应有大的气度与胸襟。这好比幽谷香兰,使人愈嗅愈香;峻岩劲松,使人愈压愈坚。

欣赏,是一种情怀,更是一种格局。

欣赏别人,是对别人的尊重。

生活中,有的人激情似火,有的人深沉如海,有的人沧桑而质朴,有的人浅薄而浮华。生活就是这样多姿多彩,我们又何必为寻求自身价值而抵触别人合理的存在?要知道,生活自有生活的逻辑,丑恶的终将让位于美好的，虚幻的终将被真实所代替，短暂的终归短暂，永恒的绝对永恒。因此，欣赏别人就是对别人的尊重。

欣赏别人，是对别人的鼓励。

正如威廉·詹姆斯所说："人性中最深切的心理动机，是被人赏识的渴望。"我们都渴望得到别人的欣赏，同样，每个人也应该学会欣赏别人。其实，欣赏与被欣赏是一种互动的力量之源，欣赏者必具备愉悦之心，仁爱之怀，成人之美的善念；被欣赏者也必发生自尊之心，奋进之力，向上之志。欣赏，是发现善美的开始。

一叶障目、以管窥天的人不会欣赏，狂妄自大、自以为是的人亦不会欣赏。

欣赏，其实就是一种内心的发现，生活的每一寸光阴都是一种欣赏。欣赏与感动常在，欣赏与谦和相伴。

欣赏别人，就是欣赏自己。学会欣赏，不觉间就丰盈了人生。

欣赏一切，一切亦同赏。

禅园听雨，是一处经我耗时两年打造的文化平台。这里每天穿梭着各行业的人，我常见到一些来者怔怔地观赏一草一木一砖一瓦，把心身痴痴付诸其中的蕴美。

每每见到，我也常常痴痴地站在背后看着他们如醉的背影，我心亦醉……

几十年以后

几十年后
找一块荒芜之地，立碑入枕尘归尘，
那时土归土
山野里时有来去的风与雨亲吻
偶尔带着前世的愧欠

深埋土里的恩仇
是前世，亏欠大地的一个深情拥抱
若有北风经过
那一定是有人在悼念
相遇时的那一个回眸

亲爱的人啊，若是你迟入土一步
至少，还有人送终
而爱你的人却只有孤独上路

先行一步，留下足迹
后来一步，循着足印
欠下今生，拥抱来世

相行到永远，爱不厌
怨不离，先行便不冷露
后来便不孤魂

今生情，你走，你来
就是相差一天
今生不够，来世再还

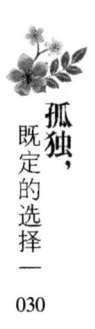

人生无常，疼痛皆常

这个世界上，身边能有几人在你的世界行走，取决于你的世界大小。

世界很大，自己的世界却很小。很多时候我们常以个人的世界审视外面的世界。个人内心疼痛了，也看成全世界都应该疼痛，随后也愤世嫉俗，心生偏颇。

有的人，通常是因内在的心情，而对外界审视评判。认为尘世充满欺诈，心中就凡事凡人时时伏藏着陷阱。概括而论，即是对尘世怀疑，现实又离不开尘世生活，生活也从此杯弓蛇影，草木皆兵，诚惶诚恐一生。

认为尘世有善美，心中就拥有善美，心中对万事万物充满着近距离，渴望亲近，拥有自然，热爱生活。可以想象，一个人对世界万事的耿耿于怀，那必将是难以安宁。

尘世的疼痛，本身就存在。没有一种疼痛只会随从缠绕一个人。抽丝一般的轻松生活，首先需要一种心态，这种心态往往不是对世俗的偏颇，而是心间怀有整个社会，怀有天下苍生。

静看世变，心怀平常，所见所闻也就风烟俱静。因为世界，不是谁的唯一重心。世界从来就不会因某些人而停止。少了谁，一样可以按规律运行。

你的疼痛，不是世界的疼痛。也就是说，你的喜怒哀乐，不会是建立在世界之上的疼痛。一生中，一念间，常常一乱方寸，美与丑，善与恶，也不是个人可以评定，世界万事万物由众生去定论褒贬。褒贬之定，自有衡量之处，自有分晓之时。

疼痛与否，是从个人心态而知定的。心若对了，多大的疼痛，也是看成了自然。世界之大，无奇不有。福兮祸所伏，喜极悲有隐，得尽失所藏，有善良必有丑恶，有君子必也有小人。这就是社会的现象，你不认同，但也无法改变，你需要与时俱进，就必须与世接轨。

万象相生相克，始终不变的一点便是：奸同鬼蜮行若狐鼠，上善行流心安理得。小人有小人的生活世界，君子有君子的生活世界，格局定位与理念观感，不同之处，相去甚远。一种是只有自己的世界，一种是世界有个位置的自己。

或许，你见到或是听到的不是你想象的那样美好，又或者这个世界有你自己的理解方式。无论怎样，每一种痛痒问题都是与心态息息相关的。

疼痛，并快乐着。把疼痛当成一种享受。因为疼痛了，反是需要当为一种无奈之中的享受，享受的是把疼痛咀嚼成为苦中作乐。不是悲哀到疼痛，之上非又要加入另一种没必要的疼痛剂，那更加痛不欲生。

每一种疼痛，纯属个人心生。没有谁有理由荒谬要求世界也随着疼痛，这不是公平，而是偏执。纵是疼到彻骨，也是应该承受，生活必须要你疼痛，刻骨铭心的疼痛才使得你往后生活中慎行慎进。这便是生活，也是常态。

如果说，你的疼痛是别人可以去释放的，那当然可以借此去释放。只是，世事无常，没有多少人为了你的疼痛，而忘记自己的疼痛。当然，也不能排除，有疼痛的人，可以借别人的快乐去淡化痛苦。别人在你疼痛时，能忘了自己的疼痛，给你传递快乐，就非平常人所为了。

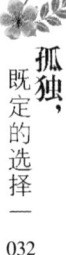

无非就是这样，要么把你看得很重要；要么就是他的疼痛与你的疼痛相比是天壤之别，并且是建立在自愿之中；抑或，你是他生命中不可或缺的那个人……

归根结底说，你的世界有多少个这样的人肯为你放下自己的疼痛，不顾一切去抚慰你的疼痛？

相濡以沫这个词汇，不是谁都能为谁做到的。假如不一定是相互都需要的，那必须是任何境况都可以为彼此付出并且有能力给予，并在疼痛无常里看成平常。

始终相信，心态若是放成平常的，万事万物的变化故也能看得坦然。这个世界，于每个人而言有些不公平，但也是属于不公平中的公平。

为什么这么说？原因在于，每个人都没有理由要求世界对每个人都是公平对等。世界就这样：有身世与地位之别，有境遇与能力之分。你不随同，也必须生活，你随同，也必须生活。随同与否，世界不需要迁就你的理念。世界代表不了权威，现实可以筛查衡量出——优胜劣汰。

疼痛的本身，是成长的历程。你的世界，需要幸福就先要进行一番蚀骨的疼痛。疼痛的意义在于，越是疼痛，你的心智越发成熟。

真正的生活，是品味疼痛中超越疼痛。品味与超越，让你有声有色进行变得有滋有味！满身的伤痕，是对生活的无常披盔戴甲，曾经的伤痕是抵制一切疼痛的复发。强者，忍辱负重也要砥砺前行，不是真的没有选择，而是选择不输给自己的人生。

疼痛与快乐并行，人生没有无止的疼痛。是人的心容不下疼痛，从而放大化。人生无常，所有的疼痛不过皆常，若是戴着枷锁起舞，这样的人生该是多么的大气雄阔。

智者的生活，顺世应变。每当疼痛时独安一隅，不悲不喜就拈花一笑……

同频相吸

往来的人总有人匆匆离去不留只言。这是初见甚好渐次改变而后无言。

无言有两种可能：

默契到彼此间不必言谈已深深懂得，这是同频相吸的引力，千言万语都媲比不了心与心自然的对话，无须语言各自入心。恰似山与山的对望，云与云的相融。不必说各自用辽阔的心共存温度。

另一种因为是崩离的心无法用任何语言来代替这座心与心的桥梁，索性就用无言来结束曾经的交往，各自放弃从此不提。恍如昨日一缕流风，过而无痕，不曾留下亦不值一提过往风寒。

这个世间找到真正的永恒恐怕很少。只有同频的相往相吸，相对的世界里留下一颗心与一颗心的予以，一段情与一段情的深守，一个人对一个人的心神相印。

宇宙思想同频相吸，呼求共振，回应共鸣。人与人之间亦是如此。

两个能深守在同一世界的人，不是偶然。应该是在岁月里共有着心与心的共鸣，情与情的相惜。

一个人胸怀有多辽阔就有多盛大，盛大的胸怀可纳尽千姿百态而无一排斥自然界的事物。可怕不是不懂应该是无知，如果仅仅是单纯的无知还不是最可怕，可怕之处应该是陷入无知里的狂妄自大。

有些人往往是如此：

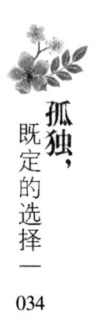

先前，对事理一无所知，又完全放弃研究的渴求，加以愚昧来填补自己本身的无知并幼稚地妄想支撑起自命的清高。说来可笑，无知加狂妄的结合体怎么可能不是在自己世界里凄惨悲伤？

于是，就用狭隘的心来抵制一切盛大的自然拥趸，以自我良好的姿态傲睨万物，错认为居于辽阔之上高人一等。实际上，是心性的促狭与狂放。自取其辱的作为也只是太把自己当一回事来衡量不同等的眼见一切。然后，越在自视尊大里越是卑贱。高贵的人，往往可以把身段与面子视若尘埃一粒，也可以在微尘之上独开盛世的尊贵。

人世间众生平等，而得以万心所向从来都只会是呼求共振，回应共鸣。

搞明白自己是谁很重要，否则谁是你自己都会搞不懂！试问，谁又想去懂你？

谦虚与谦虚同频，狂妄与狂妄同体，真诚与真诚相惜，奸佞与奸佞相应。

同频的人自然相吸。三教九流各色群体，各有各的玩法。

闲时，我喜欢听音乐。

刚开始，并不懂得功放与音箱的功率匹配有多么的重要，因此并不在意，每每听来甚是不满。

一日好友来访，属于音乐发烧友。他一听便指出诸多问题，归纳起来说不同频亦不共振。我遂按照他的意思换了功放。

一曲下来，那是天籁之音，空灵通透环绕整个空间，这高中低的音质配合得淋漓尽致，每每听来恍如置身于现场的亲身感受。

看着置放在角落的旧功放，此时不愿想起当时的音质效果。同频的人，恰当的好。这样的好是相互呼应，妙和绝配。

快乐的级别

芸芸众生,夜以继日碌碌为生,只为活下去。

那么,就是要行走。稍停步,微定神,沉盘坐,问心究级,走到了哪里才算是站到了欢乐生活的巅峰。

禁不住问心,欢乐有几重?终极的理想生活,究竟是应该在第几重?

且先说,前重。

人,生来,就是命。

初级的乐,是肉体:暖、饱、物、欲。

吃饱,穿暖,就是最基本的乐。这一些,更多的就是保命的需要,维持生命的根本。

如果,仅仅是以活命为目的需求,能做到上述应有,那就够了。这也是一种欢乐。遗憾的就是,过于平庸。这样说,就是仅仅是拥有生存的欢乐。再来说,次重。

人,活来。把命过好,把性也养好。

中级的乐,是诗词歌赋,琴棋书画,云游天下,悠然自得。

追求精神层面上的高度的人。也不见得,真说的像仙风道骨,不食人间烟火一般。总有供求,才能活下来。

只是,把暖、饱、物、欲渐变为淡泊,不是刻意追逐,或者是懂得恰好生活罢了。

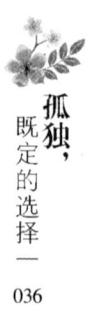

前提，得拥有活命的能力以及供给，才能把性养到怡然。

它是更高层次的欢乐，淡泊明志，养性怡情。这是一种肉体与精神的结合，稍高于前重的欢乐。某种程度上说，稍高平庸，略显优秀。这个层面，除了拥有生活的欢乐，也携带了性命的怡美。

后又说，三重。

生来，活下去。肉体、精神、灵魂三位一体，才是一个人的最欢乐的活法。三者息息相关，缺一不可。

当站到了精神的高度，又不懈去追求灵魂的高度。这样的人，内涵足够来支撑起美轮美奂的躯体，溢涌着惟妙惟肖的灵魂暗香。

精神与灵魂的高度是什么？

它是人活着更多的是付出、给予、布施、贡献。

这样的欢乐，不适合用言语去表达。这样的人，并驾齐驱的有至高无上的生命、性命、使命。

应该是这么说，先生存、后生活、再责任，像一尊坐落在苍穹之下大地中央熠熠生辉的金字塔，气势非凡，恢宏大气。

说到底，就是我、他、他们的演变与融叠；气、局、品的升华与高飞。慈怀苍生，施爱于人，助救于困。这，难道不是最大的福报吗？

不以物喜，不以己悲，不以名缰，不以利锁。不悲耕耘，不耻求进，不忘初衷，不弃善美。这，难道不是最大的欢乐？

我们，站到第几重？

我们，有时真的不欢乐，因为还没弄明白真正的欢乐需要的条件。

透过表面来参看，问问心吧。

从表面上来看是财富的差距，实际是福报的差距。

从表面上来看是人脉的差距，实际是人品的差距。

从表面上来看是气质的差距，实际是涵养的差距。

从表面上来看是容貌的差距，实际是心地的差距。

其实啊，从表面上来看人与人都差不多，内心的境界却大有不同，决定着命运。

别去妒贤嫉能，别去妄自尊大，别人的幸福欢乐，真的就是一种能力，一种本事。

把获取，适当给予。欢乐，翩跹而来。你的幸福，不请自来，生活的欢乐，不可开交。

问心，问天，问地，真不愧对于心，不愧对于天地之后。

如今，该问问：你，站在欢乐的第几重呢？

第几重？

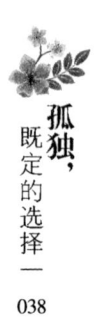

静　美

　　人世间，只有一种美，伫立在熙熙攘攘的人群里，不经意间就锁尽眼帘的静美。

　　这样的美，可以让人迷醉到窒息，让人魂牵也梦绕。只有这样的美，才最具有杀伤力，它是百步穿杨啊，最惊艳的一箭，不必张弓，箭已射入人心；不必有所放矢，已深深击射心中。究竟是什么样的美，能做到这般的震慑力？这绝不是过分美丽而产生瞬间所摄人心弦的鲜艳，也不是妖娆美色能让人产生的蠢蠢欲动。所有故作与粉饰，无论从表面上看有多么的美，纵宠只恰似烟花，稍纵即逝。

　　只有静美，能直接透过满眼的风霜，静为一体像菩萨一般低眉含笑，明了人间福祸与苦乐。

　　静美，是慈和。

　　最美的人，一定是行走在悠悠的岁月里无论风起云涌，吹不皱她那笃定的姿容。远近看去，惟妙惟肖顾盼生辉，都是自然之中情理之中。

　　她是低眉凳颌首，清欢里浅笑，那双眸瞪若婴儿，纯净无邪，尤其是耐看；她是饱经沧桑，读尽人间世事，不失优雅端庄，尤其的耐读。

　　她是不惧于岁月的流逝，不屑于世俗的眼光，她的活法或许很简单。简单若到了极致，就删繁取简。尔后，索性就这样的与生活守约：

　　素履以往，不争香斗艳。她，可恬静。

　　知足惜福，不贪欲过多。她，守寡淡。

优雅到底，不悲于得失。她，在清高。

独立自主，不倚谁傍谁。她，就独秀。

概括起来说：当，一切已看淡，胸怀乾坤，心有慈慧。除了身心以外的声势，都抵不过繁华落尽时独守内心的欢歌。

静美，是恬静。

她，低吟浅唱自娱自乐，自己就是自己最忠实的铁杆。

当，所有的人离去，放眼望去她的舞台只剩下她一个人时，更是放声就歌，唱自己最爱听的歌。

累了，倚靠在自己的臂弯里睡去；伤了，把心放在自己的手心呵护；倦了，把自己抱成一体慰藉；在自己的世界里静美独生起暖意，供养内心的足够的热量。不冰冷的心，也只因为自己不敢过分的娇贵，怕七零八落后的不堪言。

你需要知道风雨来袭从不打招呼，攒足自己内心的热量总能有备无患于寒风凄雨。

岁月无情，自己贮藏情深。人间冷暖，自己燃烧暖意。

总有一天，也走过无数次的这一天，当无情变成伤痛，当冷意变成心寒，若不是那么的娇柔，面临万千凋落疮痍满目后，她的豪情壮志，像似了生在残垣断壁上的花朵，根深蒂固在斑驳的墙体内，伸直自己的姿态，可以眺望千里之外的每一处凄美或壮观的风景。

触目所及之处，远方成不成风景，自己先是一处他人所不可形而羡慕的旖旎风景。这不是过分美丽所能形成，应该说是敌得过岁月沧桑后能留存下来的静美。

这种美，非一般的美。

她必定见过无数的风雨，也是所有身边的鲜艳夺目都夭折零落过后，只能有她傲然在那遥远的茫茫野外之中独自芬芳，笑看苍茫云海之

间,送往长风几万里之外……

静美,是笃静。

最后,自己的生命驿站才是最美丽,生成自己别人所不能企及的美,那是有多少次的煎熬或有多少次的诱惑。一次次地告诫自己,不与艳色为伍,不与沙泥俱下,不慕过分美丽。

若,不是过分的美丽,就是很自然就能流露真情。这种真情,多么的高亢,多么的纯真。她是热情洋溢,毫不动摇;是善始善终,岿然不动。她敌得过万紫千红的争风吃醋,只做成一株自然的美流露出天生的洁、雅、圣、纯……

静美的人啊,从未折眉弯腰,附庸风雅。

通常,让人惊叹又赏心悦目的那一朵,走过无数的美景,见过无数的鲜丽,走过千山万水后,所有的都已遥远别去。乍一看,身边那陌上花开,在眼中多么的耐看……

静美,是守恒。

真正的静美,如何来诠释?

像咱们的母亲,哺育了我们,用无尽的爱,即使是受尽了疾苦,也从不放弃母性的伟大。

然后,渐渐老去,佝偻了的身躯,皱纹满面。却永远矮化不了她最美的高度,永远也忘记不了她那最耐人的静美。

最后呢,你若不惜爱自己,她会生气。就连生气,都是那样的绝美,就连啰唆都那么动听。处处包含着大爱,常在不觉间就是惊天动地,催人泪下。

真正的美,从来没有过丑的一面,抗拒不了,只能去接受。不对,应该是欣然接受。也因为,她就是我们一道用一辈子都忘不了的最美风景。唯有这种美,这种美本身就蕴藏着大爱,我们眷恋一辈子,历历在目愈来愈美。

我们终将老去。其实，青春不需要过分的美丽，不必招来太多蜂蝶的争宠，自己的爱比任何人供给更是宠幸。

静美，是无言之美。

某一天，当我们的美也成为人们的眷念，成为自己风景以外的眷恋，成为至亲的人所眷爱。那该是多么伟大而又雄丽的景仰？

烟花，从来没有停留过。稍纵即逝，太过于短暂，来不及回想，就已经是模糊。过分的美，难以刻骨铭心一辈子。

自然的美，于天地间宇宙里。饱满着最初的大爱。这种爱，天荒地老，也从不变迁。无论身在何处，满满的爱，纯纯的美都有响彻云霄的回望。一眼，就能让人牵肠挂肚，念念不忘。

只有，爱自己，才能爱及心身以外。美，从来不靠忸怩作态来引人入得了目光。

过分的美丽，只是烟火。不适合长存于人世间，也难能容留下那一抹残影败迹的哀叹。

其实，生命是惊鸿的蜕变，美丽是精神的笑容。静美，是遇见更好的自己。

静美，是妙和，是禅定；是一个人独放异彩的不觉，是一个人持守暗香的流转……

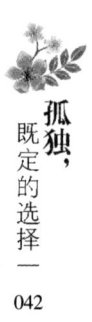

终究，只是过往

独行，既定的旅途。

选择，就是没有选择的选择，生命的奔赴终究是一个人的修行。

一个人，把生命掷置在冷暖的时光里，慢慢体会着人情与世故，慢慢看懂善与恶的终结，渐渐懂得爱与恨的结局，爱恨与情仇，喜怒与哀乐，悲欢与离愁终究在人间用心相还又亏心，相欠间轮回地演绎着各种的生活角色。

人生，既来既往都是折腾着生来时静好，过程的百般翻腾，不过仅仅就在不甘于平庸与落魄，最后终究要还回天赋的恩宠，终究回到最初的静好。

一生走来，在爱与恨、恩与怨、得与失之间跌宕起伏，不过就是一场梦见，梦见出世的你与入世的你。

终究，在惊醒时把梦妆卸去，恢复白日的素静。

终究，回到从前，回到以后，回到生命的终老。

终究，经过这一番的历练，返璞归真亲见本我。

生命，也不过三万多天。

四季的轮回，也不过春夏秋冬。

这一生，无论贫穷、富贵还是疾病、衰老，也正昭示着像四季的轮回，终究得一一走过。灾难与幸福，痛苦与欢笑，就隐藏在生命的过程里，周而复始不休止亦不动声色潜伏，然后慢慢与寿命同行。

一生的遇见，那是宿命。

一切众生在过去无数次的轮回中，曾经历的各式各样的生命形态都是注定。

修行，也不过以更好的方式虔诚礼待着将临来的一切际遇，或悲或喜或福或祸既定的承受，生命必将承受着将既定的承受。

终究，在这既定的时光里备受着一场彻彻底底的洗礼。

终究，在极不平常的日子里留下可以执笔记录的印记。

终究，在回望生命过程里去承认与接受生与死的必经。

生命啊，从躁到静，从繁到简，都是狂躁不安否定了静安，都是繁事逐尘不承认简美。其实，生来的最初到逝去的最后，生命从静安简美中来终究回到静安简美去。

从哪里来回哪里去。一生的折腾，终究回到原始的无欲无求的最初纯真与高贵。

岁月如流，是繁华未落寞蒙蔽着真实的心。洗尽铅华，是真实的心遂见曾经的浮躁欢腾。这一轮回，用一辈子来转换，一念之间是天堂与地狱的差异。

一念之间，便是生命的另一种待遇。

一念之间，便是灵魂的另一种贵贱。

一念之间，便是生活的另一种苦乐。

既定的选择，生命的归宿。

终究，回到最后，最后见到生来最真实的自己。

终究，回到禅园，为自己铺就一处心灵的归宿。

终究，用心听雨，细数光阴轻吟一首内心的轻唱。

大自然里来大自然里去，人间际遇不论种种，无愧怍于天地，就是一种盛大的最高修行。

  生命，终究只是一场借人间路的过往，能留下什么？又能失去些什么？

  生命恰似云烟，卷舒张放之间就渐渐消失而去。于宇宙苍穹停留间，只是那一瞬间或者是没有人在意踪迹，你记得起你生来的颜色直至逝去都不忘就足够了。

  终究，不长存于世；终究，只是过往……

穷·贵

困苦，是一种生命的折腾。

折腾在现实生活里头的也仅仅是名权利，再者就是人的本身。通常也只有两种结果，不在困苦里掀起生命的浪花，就在困苦里无声沉寂下去。

人间困苦分有两种，外求与内需。如果有了金钱与名利的双收，从实质来看活得成了体面，是可以用身外之物拥有来证明自己表面的风光。而本质上并非能满足现状，意思就是说本质的需求远远超过实质上的追求，内心的拥有与外在的拥有不同于等质。

虽然说本质具有重要的意义，而两者之间又不可缺一，它又是相互牵扯的共同体。只谈精神上的富足光喝水也会命不久矣，单讲究身外的拥有而心灵上贫瘠也活得毫无意义。

假如，有了原始的基础积累，也有了该追求的身外堆积物的拥有就不困苦了吗？

那也不一定。

虽然解决了物质的追求，那么精神层面或者是情感方面的不能企及也与困苦同在。因此，困苦于人间无时不在无孔不入，最终因人而异。

那么，困苦又从哪里滋长呢？从欲求不满中蠢蠢欲动里比较；从羡慕嫉妒恨又望尘莫及里追逐。然后，在比较中愤愤不平，在追逐里恨之入骨。不平的是认为生活待遇不公平，恨意里是只见别人活得太满足。

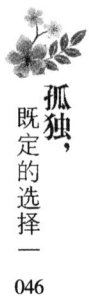

从这个层面来看，应该是穷中不知富，富中不知贵。

真正意义上的穷人，也就是内心的贫瘠与空洞。生活中无所适从自然就浑浑噩噩不知所以。这样的生活才是困苦。

穷人与富人之间的生活质量比较，不是数据与出身的比较，真正的差距就是在于对当下生活点点滴滴的热爱与对岁月静好里安享生命的感动程度。

无论富贵还是贫穷，如果缺失了一颗热爱与感动的心，都不会获得人生终极的幸福快乐。

有句话说得甚好，有些人纵使拥有多大的财富，也不过是一个穷人。

穷人，又是怎么的概念？

这里我理解成两个意思，一种来源于生活里物质的匮乏，另外一种则是精神上的贫瘠。

上述说的穷人无非就是精神的贫瘠。这样的人才是真正的困苦贫乏。他可以拥有光鲜的一面，却难能扼制得了灵魂与精神上的困兽狂魔吞噬。概而言之，拥有多大的财富，也只是财富，是金额的数据；拥有实质的多少东西，都不能丢失了本质的坚守。

因此，有些人尽管获得了生活物质的满足，也是穷人一个。所以，真正困苦，不是衣不遮体一贫如洗，而是那一些看似幸福享受生活而实际上是内心百般挣扎在欲壑难填里失陷折腾的人。然后，用百般的掩饰来过上理想化的生活借此得到人们的仰慕。

真正的快乐，源自于内心的丰盈。不论富贵或贫贱，不论得失与荣辱。

与岁月静好会心一笑就是人间的从容，他们坚守初心热爱生命，善待生活感动不止。

因此这份从容，来自于内心的笃定与安然。有些富人只有趾高与气扬，有些看似穷人其实是真正意义上的富人，过着穷人的生活却有着富贵的心，从来没有因为困苦而改变风骨，这是内心深处所坚挺崛起的阳刚伟岸之躯。

这样的穷不是意义上的穷，应该是穷贵。

关于穷人这个字眼并不是平常人所从字面上理解的穷人定义。

出身于寒门迫于生活的拮据，就是穷人吗？

不一定是。

这也只能说因为是所处的环境形势不同所接受的生活方式不一样。

山村农人生活方式，面朝黄土背朝天的日起而作日落而息，他们不悲于耕耘，不慕于名利，不贪婪于浮华，过着安宁舒适而简单快乐的小日子，在城市的繁华之间难能有这样的心境。

史玉柱先生说：无须向别人折腰，则为贵；无须向别人伸手，则为富。

因此，不能以地位高低论贵，不能以财富多少论富。

想想，身在深闺无人识又如何？贵在过得安心自在，贵在处在尘世以外与世无争的心。

无争的心，又怎么会困苦呢？

富贵人家，就一定是富贵吗？

也不一定。

诠释富贵这两个字：

人，因积财而富，因修德而贵，是致富修贵。富，是物质上的富有，积累的是财；贵，是精神上的富有，积累的是德。富的积累是占有，贵的积累是含有。

富被羡慕，贵被尊崇。富可令人痴迷，贵则令人敬仰。财生富，财可迷人心窍；德生贵，德可润养人心。富，易利令智昏；贵，可德令利退。人有贵人，物有贵物。贵人贵在人品，贵物贵在质量。富贵，因富而贵，是外显，富而有为，是内涵。

　　一个过着平凡人的平庸生活，拥有富人所不能企及的贵气，我认为这样的人可称为是穷贵极富。

　　这个人世间，从来没有名副其实的穷人，只有富至不适从生活的心穷，这等的活法才是处于与日夜困苦的纠葛不息。

| 第二辑 |

心念沉浸享太平

所有伟大的心灵都是孤独的心灵，孤独，是关乎自我灵魂的拷问，也是自我对照和品级过招。你是那个打败旧我，重塑新我的人吗？在关乎美的路上，你是否总是对世界充满青睐？

美的化身

岁月无声，只是太匆匆，蓦然回首间物是人非。生命的渐行渐远是人总归老去，生命的渐行渐近是人总会返璞归真。

真正的美亦是如此。走在生命的修行里，这个旅途的过程就是追求至善至美的化身。美的终极理想，还是回归到内心的归真。

只是，在这个过程里需要生活足够精致。生活的精致不仅仅是去向往终极的理想与内心的归真，更需要的是形神相附及心身相同行。

一个人的美，她离不开内外的兼修。说到底就是形体与内心共行。而对美的追求当中顾此失彼的大有人在。

究竟是为了什么呢？

有些人尤其是注重外美而忽略了内美；也有些人潜心于内修而轻看了外美。

当然了，修身养性虽然贯穿在生命的修行，但也不能完全放弃了外美的精致。

内修更多地体现在于精、气、神；外修，更多表现在形体上的洁净与端庄。

一个人的外表与内在都是如此的重要。通常与人初识，先看感觉，其次看素养，尔后看德行。这些也都是一种循序渐进的认识到认可其后心悦的过程。

生活的精致是长相与精神的融合共永后所能成就在举手投足间自然

的落落大方,优雅万千……

　　这两者之间任何一方的脱离,都难能追求终极的善美。恰似红花与绿叶的相托映,高山与流水的呼应。大紫大红的鲜艳容颜,离不开绿色的生命做根基;直指苍穹的雄姿神态,也需要心底涓涓细流的私语。

　　美的化身,所不被超越的就是:一种形而上的惊美与一种形于下的笃定相融为一体,上下神形旨亲无间。

　　岁月滚滚而来轮毂,只留下人行走的印记;四季匆匆的更替将以往又埋没。对的,岁月无情终究会老去,而这一生的所有追求其实也就是善美的立世。事实上自己成为大美,然后大美成就了自己。

　　这就是人与自然的深欢。然后,闲时细数岁月如流与岁月共欢,遥看烟波浩渺,天地奇幻无穷,近看已经在悄然化身大美绽放。

　　最美的除了所看处处是风光旖旎,就是自己的大美也融在风景其中并与岁月静好下去。这样的人才是一道最让生活流连的风景。

　　尽管,光阴不饶人。拥有这样的美不论岁月多老,她一直都葆着生命活力与神态静美,从来惊动不了她的慧秀,也吹皱不了她内心的平和。唯有如此,隔着悠悠的时空她都是那么的耐看,那么的动人!

　　如果生命是一树花开,那么大美的化身应该是如此:

　　深植根茎盘旋于大地是灵魂的奔逸也是精神的舒张,这是追求生命的厚度;于空谷间岿然独存伸延于苍穹索取伟岸,这是追求生命的高度。

　　飘扬着自然的神态是枝柯之间所结聚的伟力,所能嫁接而出的绚丽花开是大美的容颜。

　　生命需要德行的沐浴,挚爱的孕育;生活需要精致的活法,优雅的立身。

　　一树花开,就是大美的化身。不用叙说,皆已独有千秋;不用表现，皆已让人崇敬。

一树花开，晕染着岁月的苍白。大美化身，点缀一生的色彩。

始终相信，只有至善才不被岁月所遗忘的诗行；只有至美才不被常人所超越的雅致。

大美的化身是在自然里行走得到众生的仰望。也只因为，拥有一颗让人欣赏不绝的心，还有一种足够精致的端庄活法。

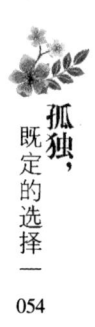

虚实往来

虚话，有些人爱听。

尤其是奉承讨好听着顺耳，溜须拍马更是听着舒心。可明知虚情假意也满脸堆笑，或者是中听的话一向讨得心欢，听者所以不拒。

这个世界诡异之处就是欢喜于听好话的人恰好成就了习惯说尽好话来讨好的人。然而，习惯于听好话的人看似成就了讨好的人其实都只是互害的开始。

听者喜欢听，说者专说听者想听。这样一来，听者爱听说者的讨好，而说者费尽脑汁说尽讨好，到了某一天听者听不到讨好的话浑身不舒服，说者在找不对爱听讨好的话时得不到相对的笑脸也会浑身不自在。

一个会说和一个想听，两者之间都是虚情假意的往来。虚空与假面的相对，其实都明白自己想要的，恰好虚伪的世界各自演绎着自己的角色。两者之间的虚诞，正是两者都在缺乏展现的对象，恰巧碰上了相投的人，在共同之处彼此无限的欣赏也无尽的欢悦。

听者的需要，只不过是过于空虚的存在感填补；说者的需要，也只不过是寻找听者的欢悦。前者需要就是有人来吹捧才不惶恐于存在感；后者的需要就是通过听者的需要来成长取悦的水平。

两者都虚伪同为一体，当然表面上谁也离不开谁，看似好得一塌糊涂，却又是在一塌糊涂里违背了干净的往来。

前者需要后者的吹捧，后者需要前者的认同。两个不同路的人走到一起也只因为彼此各自所需，各自填补了空白。这一抹色彩之所以灵动，在于不同需要的人在某一处彼此渲染。

色彩的背后，极具惨白漂浮。

彼此成就了虚空与假面的需要，于是在需要里沦陷在虚情假意的填补。

恍然间，伤得最重的就是听了最动听的语言，害得最深的就是说了最讨人欢悦的语言。看似在一个语言系统里的两个人一开始都是心里有数，其实都不傻也各自都在盘数着私心的需求。

说者需要语言来得到，听者需要语言来悦己。在各取所需里各自明白着自己的需要维持一段虚情假意的关系。

两艘船的沉底，是两艘船相互侵蚀。虚与虚的相遇相投都是入了船舱的海水日趋渐涨愈满愈陷。所有的加载与负重，双方在日积月累里肆无忌惮地灌注。说到底，虚与虚的相处只不过是貌合神离的同而不和，彼此在拉低生命的质量。

虚与虚的相应，空与空的给予。最后，什么都没有得到，只得到口唇上与耳听上的妄求与虚空和假面的出装，都各怀奇技地在戏台上彼此掠夺，彼此伤害。

虚与虚的相对没有绝对的输赢，只是在欢娱的游戏之间肆虐地赏玩直至没心没肺仍然是乐此不疲。

忠言，一般都逆耳。

直指人心的语言，说者带有一定的风险，这种风险着在于听者的曲解，一旦曲解有时候就形同陌路。这样的风险是说了真实的话，也因为真实有些人不爱听，因此受"损"或是愤懑抑或是不解。

真心实意的话，大多讨不了人的欢喜。也只因为直接，就会有无意

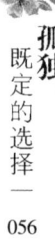

的中伤。有些无意的中伤，说者本无意，听者会恨之入骨咬牙切切。因此，真心实意的一些忠言也只需要在相对的真心实意那人面前奏效。

尖酸刻薄阴阳怪气的挖苦与直指人心体无完肤的批评是两个性质。所处的出发点不同，过程或许会同样的颜面扫地，结果却迥然不同。同样把话说完，结果是一种来于人格上的损毁，一种源于语重心长的批评。赤裸裸毫不客气的语言里就有截然不同的意思。

说者与听者之间，最开始的往来就是语言的初识，最后面的分道也因为语言的分歧。然而，真正因为彼此成就的两个人，可以站在不同的高度上彼此之间欣赏不已。

两个人之间的共同默契，有些时候已经不需要太多语言上的交流，他们的交流方式不是用嘴巴来说，应该是用深情厚谊来交流，用真心实意来感动彼此。

实与实的相对，一个眼神足以让人懂得。不需要太多的旁白，眼前就是一张宽大的屏幕，这一些情景与内容所见所悟皆相吻合。

实与实相对，足够的放心踏实。两个人都心无夙嫌坦坦荡荡，不必设防与拘谨。于平常往来的自然神情里自然流露，不用修饰更无须扮装，与之相处不需言语就轻松舒服。

揭开尘世的虚伪，不知有多少的真心实意被虚情假意所愚弄，当虚情假意可以用各种伎俩诡计来盛行一时就有了小人的纵横。

当小人与君子相遇，小人得逞的也仅仅是君子所知人不评人，不是君子不懂小人的伎俩，而是小人低估了君子的本事却高估了自己的本领。小人有伎俩玩心术的本领，君子有盛装世间愚弄的本事。实话，大多都是真性情的人来说；虚话，仅属于小人伎俩需要来说。实话是君子所为，虚空仅属于小人之行。

大千世界，知音本就寥寥。与真心实意的人往来都是真实的对话，那些话都掷地有声荡气回肠,久久的不肯息音去。犹如一首空灵嘹亮的歌声,抵达到内心的深处是无比的清净通透……

与人往来的轻松之处:与实伴随,与虚隔离。

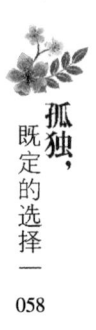

交往的距离

人与人,最怕是看懂后的转身,理由很简单,不想再继续交织苍白的故事;心与心,最怕是深知后的冷漠,原因也简单,不想再用热烈来呼唤燎不起的火焰。

懂后与深知的两个结果都一样,都会贬低过去。不是故事不精彩,只是人家好奇过后懂了就索然无味;不是深知不惜,那是懂得太多让人不觉有兴趣。

交往的至高境界,亲而有间,疏而有密;和而不同,美美与共。

人与人之间精彩的往来与有兴趣的期待,也只有保持若即若离的距离。不惊于精彩故事背后的苍白延续;不必惶恐不安于亲近过后的冷漠。

若,不索取太多不该懂得,至于他人懂不懂或交不交织,热烈与冷漠都是一阵风来云去,无痕拂过。

怅然自失的人,是太过于把心黏附而后的受不了的冰冷脱离。

人心若变,本不顾及。只因自己太过于顾及。

人与人,需要保持距离的觉悟。

从根本上说,这也就是互相尊重对方的独立人格的觉悟。

唯有亲密有间才能最大限度地感受美好的存在。

"刺猬法则"来源于西方的一则寓言:

在寒冷的冬天里,两只刺猬要相依取暖,一开始由于距离太近,各自的刺将对方刺得鲜血淋漓。后来它们调整了姿势，相互之间拉开了适当的距离，不但互相之间能够取暖，而且很好地保护了对方。心理学家总结得出，人与人之间其实就像是相互取暖的刺猬，只有适度的距离才能更加和谐地相处，不被彼此刺伤。

就像俗话说的"距离产生美"。保持距离感，设置的是物理距离或心理距离，而不是感情距离。

适度的距离亲而有间，和而不同，然则温暖！

孔子云："君子和而不同，小人同而不和。"忆当年，私交好的王安石与司马光在北宋政坛上互为劲敌，轮流担任宰相一职。在同一君主的质问下，两人表现出惊人的一致，大为赞赏对方的人品与才华。

自宋神宗一句"卿等君子也"后，一段关于"君子和而不同"的佳话就此流传。

如果说，道不同不相与谋，那么，和而不同，就可相与谋了。

这并不意味着对你个人道德品质的否定。待人做事有原则有分寸有底线，这才是君子。

先哲伏尔泰曾经说过一句话："我完全不同意你的观点，但是我愿意用生命来捍卫你说话的权利。"

亲而有间，和而不同。每个人的生命都属于独自个体，思想方式迥然不同，处事的方法，这是一种距离但不排斥对方的方法方式，并不意味着对个人道德品质的否定，双方的关系距离却不因思想迥然而拉远。

交往的质量就是距离。掌握一门交往的学问，不易。

好得一塌糊涂的两个人，合久必分。合久必分的两个人也因好得一塌糊涂，看似不分你我，不分你我之中又分你我的独体。

你会发现，你最要好的朋友之间，是有距离的。这个距离，不远，也不近，不疏，也不密，是一颗心对另一颗心的不绝欣赏，是一段情对

另一段情的永恒仰望。

　　交往的质量在于距离,适度的距离就是交往的质量。固然也是亲而有间,和而不同,则顺意天成。

离　殇

人间有苦。最苦莫过于不堪言。

说不出也道不明，也只好深藏暗自疗伤，治愈不了的就是隐隐的伤不止休。

害人的人，害不浅；伤人的人，伤够深；帮人的人，亦不多言，只为你好。

总有伤，也总有欠，也总有还不了的情深义重。一辈子还不了总好过伤不尽。

然而，有些心伤就是穷尽了一生倾尽所能也还不了的情重，所以成伤。有多少的伤害，就有多少的领悟，也就会有多少的思想深度。

有些伤，不是别人给，而是因为触感了心灵而成伤。

这样的伤不是来于外伤，而是心殇所不堪言。

诸如父母恩情，用一生来还，还到最后还不完。

如果都能还，宁可一直还。恐怕，还没有到相当的程度就已经欠下不该积累的债。然后，把所有的债务都归属到了送终时的号啕大哭。纵是捶胸顿足，也难能以悔恨来撇清这一份本就该偿还的情重。

最大的恩爱，隐藏在生活的点滴里头不曾述说，最大的伤害，也是表现在生活点滴里头不曾发现。然后，以来日方长作为借辞面对时日不久的人。蓦然回首，原来所有的来日方长竟是在无限虚无里苍白了最大恩情。

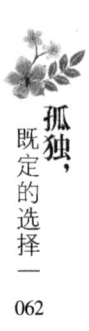

最大的伤害，往往不是别人的赐给，而是自己赐给自己。

这样的伤，是一种自赐的内伤所致成一生的殇伤。

但凡还不了的情真义重，都是内疚成伤，想起神伤。

有些话如鲠在喉，不吐不快。只怕，吐不出来的不是心苦，而是太多难以启齿的自痛。

有些话，也只适合隐埋。言语的隐埋更多的不是不懂如何去表达，而是不懂向谁表白才能更好地释重负。

因此，不是所有的苦都能倒尽在江河之中，这一条江河或许不需要来蹚这一面的苦水。也并不是因为纯净而不愿接受，它的心中或许还不愿纳收外在的浊液。

所有的倾诉，说的人语言上或惊心动魄或悲歌慷慨，大多听的人都以居于自清来聆听，或几句抚慰劝过。最后，还是自己的话自己能明白。

一番交流以后，聆听的人风清，诉说的人自清。谁也没有留下什么，只留下远走时的背影。

驻足回望，背影与语言同行在黑夜的渐行渐远中模糊……

一阵寒来，其实风并不寒，是心殇成飕飕的寒意……

沉默，是清高。

最好的交情在于距离，而真正的距离是人很近，却难以触摸到对方的心。

心不交织的语言交流，过程惊天动地，结果都太苍白无力。

最懂的人不必说，对坐几盏茶。茶，都是肺腑之言融于茶水里入口。

火，都是炽热无比燃烧热量照暖心身。从不需要说话，两个人却已经进行了一番交流。

懂，就不会因此相对成离殇。

两个沉默寡言的人，一相见不语。神形尽站在共同的巅峰苍穹上看懂烟波浩渺风起云涌。只在一对视，已经彼此交付玄神的见解。

一个人的沉默，看似冷清。那是清高，不入世俗不媚烟云过往，敛冷于眼形神俊逸，在沉默里不必惶惶于语言上的错失，不惊慌于千言以后的苍白。

不懂不说，不成殇歌沁入肝脾。

一生的欠，还不了心，一番看似彻底对话，也还不了心，都是离殇。

懂得的人，无论谁送谁直到逝去都懂。

人间的苦，还不了成殇；说尽了不懂也成殇。

还不尽的情，却还难还了，内疚成伤。说尽了话却还说，一个背影过后的浑然不知也是殇。

人间，若没有离殇，仅属于都是两清。但凡两清，不因相欠成伤殇。

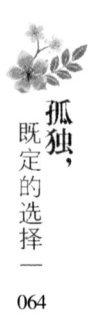

相 遇

人生相遇种种，都是命中注定，无论福祸不论劫缘。

有两种人，你总会相遇。

你会遇上坏人。

你不必和他周旋，除非你可以做到比他更狠毒。这样不值，你本来不坏，在邪恶里斗，即使你赢了，你也成了不黑不白；你输了，更加滋长了他的邪气。坏人，总会遇上更坏的人来与他撕咬争斗。必定，不是一死就是一伤，不然，那就是两败俱伤来收场。结果，都是惨不忍睹。

一个敛眼，转身走了就是。任其计算不必回望。否则，你就白白耗心费劲，也捞不着赢。人心难测，你不伤人就好。倘若，人要伤你，适当的回击就是绝不交集。

沉默，就是最后的清高，也是最好的赢家。

你会遇上纠缠不休的疯子。

疯子的世界里不能辨别对错是非。这样的人，你何必去晓之以理去改变他？

尽管，你动之以情，疯子眼里极端才是他最大的欣慰。让他在极端里疯狂下去。其实，也是对他的一种帮助，让他疯到了极度，就不吵不闹了。

你越是解释，他越是觉得他正常。

索性，任他疯狂，张牙舞爪丑态百出之后，他会累垮。

不理会，才能最好的进退。

不计较，才能最好的收放。

路过千山万水，在千转百回后，山还是山，水还是水。只是，我们额头多了几条岁月留下的深深皱纹。

这几条皱纹，就是我们对生活的深刻。当初，看山是山，看水是水；然后，看山不是山，看水不是水；到最后，山还是山，水还是水。

这就是生活的三重境遇。

一、初始，来于自然，自然是自然。

二、其间，来于自然，自然是不是自然。

三、最后，来于自然，回归自然才自然。

我们，来于自然，自然太美。其间，发现这个生活里自然得很不顺眼，拼命改写自然时头破血流，疼痛不已。直至后来，渴求回到自然，因为，生命归属于自然。

与归相对，足去足来。人生就是如此：一场带着好奇与考问的远足，一场带有学问与高深的旅行。

人生匆匆，突然之间。从哪里来，还是要回哪里去。

生命都有始终，不一样就是在平常的生活里有不寻常的心看待了平常。

因此，觉得并不平常。最后的归宿还是平常。

生活品完"酸甜苦辣咸"这五味；人生过完"悲欢离合"这境遇。这样，才叫圆满。

若，人生就是一场戏。你得知道，"生、旦、净、末、丑"角色的由来与赏析。你才真正不会留下迷惑。

看透这个人生，你需要发现和辨别。活下去的理由，无非就几点。

一、对知识的渴求；

二、拥有怜悯疾苦之心；

三、不懈追求生命品质的完美；

四、怀着好奇与激情去了解这人间百态。

把生活读懂，生活才让你随遇而安；把人生看透，人生才让你决胜千里之外。

首先，得先读懂自己。读懂自己，才是最高的学问。生命在进修，就能抵达生命的圆满。倘若不如此，难堪了生命，生活必定尴尬。

与人相处，不必在乎口齿之上的说法。礼赞或是损毁，你越在意，越是深陷痛苦的泥潭，愈挣扎愈坠落。

当然了，你若是金子，别人怎样去质疑，那是别人的事，你不用把自己本是金子的身段摆到烂铁为一类。

能左右你思想的话，一定是立场飘摇得很的人。随便一阵风来，便草木皆兵，仓皇出逃。你有足够的自信，就能在烽烟四起的纷争中纶巾羽扇淡然处之。

你的江山，任何形势上的威迫都不会惊失。从此，不为妖言所惑，不为谗言所信，不为虚言所失。

谁人，与能争锋？

足够的自信，需要强大的底气来支撑。

这样的底气，就是生命的厚重，可承载着风云突变，即使问鼎苍穹亦从容。

大美无言

写下大美无言，惊觉无言的高深。

无言已言，不说已说；不必显露，已是高贵；不谈美丽，已成优雅。

大美，是一幅宣纸上用笔墨点装的自然山水，意境十足；是一坛深埋土壤不经发酵过的陈酒，不待嗅闻，已醉了心；是一首从陌上平平仄仄走来的诗赋，穿透满山遍野后的荡气回肠。

大美无言，却是韵雅万千集于一身。投足举手间落落大方，低眉含笑里盛世欢宠。

这需要精致，这样的精致就是卸去枝枝叶叶的繁杂，化身成翩若惊鸿的轻盈来穿梭在人海潮流之中，用极简方式点装生命的绿色，善用于非凡独特的风骨来与世共存。

大美无言，素心兰质，无须用大热大烈来表现，也从不用哗众取宠来引得侧目。

大美，无端的好。听着，就舒服，内心便微波荡漾。

绝世的美，不外乎内心所盛装的自然。

我说的自然，是接物待人的自然，从言行透露的那一分高尚的贵气。

秉承自然，心身合一。纯粹的人，就是一种简单的雅致，素静的贵气。

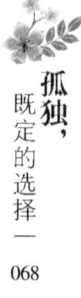

相处之时，不必言谈。却让人十分的轻松安然。

往来之间，不必刻意。却让人离去而念念不忘。

世间的美，看似形形色色姹紫嫣红，媲美不足而一。只是，众美纷呈，万物归宗终究回到简美。

大美所备受人追寻的，不是容颜貌体上的如花似玉，倘若一朵盛放绽开的花朵是一个人的妖娆身姿与艳丽容颜，如果不是一颗极具有风骨的心来支撑起盛世的惊美，那么，他日若有来风，容颜怎么能抵得了人间一丝丝不快意的飞扬拂面呢？

大美，于内修。体现在容颜之上的精神，自然流露出与岁月欢歌却不被风雨所摧残成凋零，与时光同好却不因刻骨铭心的遭受所枯竭黯然失色。

人生最贵，不过大美之气色。

大美之身不被尘世间的光华所凌乱，那么她的生活写照应该是这等的妙美：

过往，是故事。内容情节不庸俗且耐人寻味。

当下，是化身。心魂的骨朵在盛放，是清高呈于外，素简筑于心，而不将就慕尚于形式上的美。当下是不折不扣地追求自身的完美，而内外皆是流转出冰清端庄的贵气，随风转悠，随雨化蝶……

大美，与众不同之处：

不需要在万千人群里攒动，却有着万千人群里攒动的惊人气场。

不追风跟随着修饰的小美，却又不失优雅立身行世后磅礴绝美。

而这些看似不显眼，却又能丝丝入扣于人心的形态与气神，就是于所有的人奔着形势上的美而去时，它却独守着一分清欢去净心修寂而来。

当然了，一个人从感观上的初美离不开容颜上的洁净，少不了立身行世的衣着形体的端正。

每一人，都有追求着美，也因为美的立身让人视若珍宝悉心呵护，也是象征着一个人在社会的标志。

大美，是活着的精致，是体面生活的需要。

精致，不仅仅限于外颜体上洁美，或者是拥戴上昂贵表现。

真正的精致，就是内心深处的精简所自然而然体现出来的雍容华贵。它是玲珑，却不需要八面；它是惊艳，却不需要向外刻意索取眼光和惊叹。

庄子云："天地有大美而不言，四时有明法而不议，万物有成理而不说。"所说的意思，天地具有伟大的美却不需要言语来宣扬，四时运行具有明显的规律不需要再去讨论，万物的变化具有现成的规定不需要议论。

大美无言，真水无香。高尚的品质与修为说不来，待人感触深得体会。

简而言之，大美无言，不是因为她不言。大概是她处于心无旁骛专注抒写着内心那一幅诗意的山水吧，却不知往来行人用惊慕的眼光欣赏她的大美吧。

我想，最美不过不懂得自己竟是如此的美吧！

自己的美不自觉，仍然一路追求更高尚的大美。这样的人应该称为雅人深致吧，怎奈得行人不驻守在灵秀里欢喜呢？

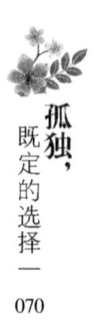

孤独，既定的选择

　　有些孤独，并不是本身的孤独。而是因为需要选择一个人的行走，所以孤独。

　　熙熙攘攘人来人往，当所有的人都朝一个方向奔跑时，唯有你把热闹的结果看懂后，转身离去，不入流便与众不同。之后，径直地走向一个人的心灵修行。

　　当所有的人都拼命追逐时，独行的人成了正果。这时，已经不再对前行的路诚惶诚恐，他走的路，就是用心来行走，走进一场生命里的盛大修行。

　　孤独，这个字眼看似凄冷，思想却蓬勃。也只是孤独可以让人登峰造极，望尽江山多娇。

　　是灵魂站在了高处成就了人在位置上的胸怀与眼界。登高望远揽得脚下千山与万水，放望天地万物皆是入得怀抱。

　　孤独，是清高。平常人所不能体会到的那一种孤清，也难能企及那样的境界。

　　因此，孤独的境界，是一个人思想潜行，在风高月黑里飞檐走壁，在天地日月中踽踽独行，独行中思想的火花闪耀着智慧的光芒。

　　有时候，必须要一个人行走。

　　不在热闹折堕，也不在世俗深足。有些选择，不是身不由己，身不由己更多的就是生活被迫。而选择是驾驭生活的被迫，不愿将就于生活的僵持，放弃万千诱惑与各色浮华，纵身投入静真。

也只有孤独的人，能与心灵对话，与思哲相拥。

懂得自己，就懂得生活。懂得，这两个字不易。它得需要在孤独里感受到自己，感应到心魂。

不需要旁人来佐证与评论，自己的心够真实，就不会欺骗了生活，违背了本我。

孤独，诠释出思想的深度。通常会敛冷于眼，格外清高。这需要资本，已经是看透人世间冷暖，听得弦外之音。

如同煮茶，火是烈水是沸，只有孤独，让人的心静定。

恰似行云，穿梭万里，舒卷自如，只有孤独，思想奔逸。

烈酒与孤独相见，烈到舌唇无法原谅，猛然间大起大落，落到孤独处，总归落到孤独。大热大烈走到最后的一站，就是孤独。

生命的行走在几经兜兜转转里，看懂热闹狂欢后的落寞。后来，才明白灵魂的归宿，终究会是孤独。

守得住孤独，就把得住清欢。

快意的人生，就是浓淡相宜里不温不火盛享着遗世独立的清欢。

那是，洗尽铅华后的深刻，功名利禄都属于身外的堆积物。而真正能永恒的，仅仅是内心的清孤，清孤里深欢，隐藏有心间，久久地感动生命中的每一时刻。

猛然间，回看落叶黄昏，静看夕阳西下。那一轮原来如日中天的热烈，归依平柔。

生命就是如此：

热热烈烈的燃烧成灰烬之后，成为静美。那是，岁月沧桑后的悟透。

浮浮沉沉的舒展成淡淡以后，成为雅致。那是，历经磨炼后的静定。

走在自然里,诗意的行走,孤独不苦,清高致极。

漫漫长路,一个人的背影,虽孤独却是灵魂与思想的终身伴侣。

与孤独共行盛世欢宠,天地人心亦印和。

察言见底

一友带一友来探访。

据说来头不小，我岂敢不敛衽礼待。于是，翻箱底寻香茗，拿出的是唯一的陈年老茶招待其味醇香浓厚，即点一炷沉香微熏陋室，生怕贵人不惯寒门酸气，以此礼迎贵客。

三盏香茗入肺腑，恰空谷天籁之音在流转。

茶席间，乍闻高谈阔论，我亦不敢应答。最后，一句让我心寒，于业界已经名声在外，皆受万千人追捧。可如此，尚未达到心愿。

听罢，我浑身微震。

我轻问：老师，那您认为您的成功心愿是？

他如是答：界内界外，妇孺尽知。此为我心愿，亦是登上成功之巅。

瞬间，我手中茶杯差点跌落。只见，他目露不解。我亦不言。

随后，我只好起身拂袖而去。

将近五十知天命之年，于名利间刻意追逐妄以声名妇孺皆知为名就功成，足见活得够糊涂，似乎不太符合这个年龄段的价值观吧。追求成功就要先懂得成功的概念，成功的概念读懂了，成功的概率才不会低下。

成功，也只不过是社会的一个概念。

对于真正成功的认知，绝对不是名声噪起掌声雷动，也不是鲜花拥

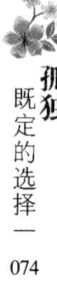

簇万人追捧。

成功，是什么呢？是风来去无留，云舒展自如。心无挂碍，不受形势环境的牵扯，活成独自的风采而后言行皆符合社会准则与自然的标准，成就内心需要与外界相统一的一种安然自在的心境。

事后，我觉得茶本是好茶。前面喝到的就是真味，后面喝的已截然不同，真味不变，本质也没有变。

心情变了，所有的好都遁风而去，留不下意味，怎么深长。

因此，我选择，忘了。

三教九流，各色人等，穿梭不息。

言辞粗放，色上不纯者，皆淡出眼底。友情虽贵，不因拉低生命质量相往来，皆共品话题间恰茶味保存，意味犹存。

世事万千纷繁，林林总总，生旦净末丑，各个角色的扮演者都各怀奇技淋漓尽致表现得字也正腔也圆。

无非，就是尽展出自己的那一面。本质上离不开自己还是自己的角色，无论从何掩饰从头改换，你还是你。

因此，任何的言语，都会成为别人能测量一个人的高度。不是别人窥人心，是人心表现得太暴露无遗，让人一眼就能穿底。

言到此，话回峰转。

无独亦有偶。一日，穿扮成大师风范的仙风道骨长者来访，我亦与他把盏笑谈。

席间，天文地理，乾坤八卦，人文形势，兵略谋识——在茶里几经翻滚，言间把我的眉目形相齿面亦一一论断。

天文地理道尽，佛释儒说完，心律法说透，然后，我只觉，天昏地暗，空气凝固一般。

此乃，天地人间全才大师啊，此天才国民甚幸，只是不知可真有对人类所造福亦是有贡献义举之行。我，细细咀嚼一番话，不由心一震，或许我学识肤浅，所悟一二尚未能彻透，因而在他滔滔不绝言语中云里雾里，抑或是我愚昧未化所言不知深浅。

茶，一样是好茶。整个谈话间，我却不知哪个种类的茶，亦不能品到茶的韵味。我糊涂茶本不糊涂，我却不得知晓茶的味儿。

人啊，最大的弱势就是把自己最以为是的优势无限去美化和贴金；最大的愚蠢就是把自己最以为的聪明无形中流露和施展。

才华不逞，聪明不外露。这样的人是耐人寻味，不求味永存，至少能留下齿间上的余韵。

而茶呢？

最擅长的就是把所有的历练与韵味集于一身，不到遇见懂得她的人宁隐在角落一处从不过分去彰显她的韵味。

茶的腹中有诗篇万卷，但不轻易倾吐一语。茶的沉敛与深藏，都是在恰好的时期与恰好的人相见。然而，也并非以几经翻滚就会全盘托出所有，点点滴滴是通过火候气温慢慢释放出最精彩的部分。

她所不愿瞬间绽放生命的全部，那应该是她懂得与人舌齿间的余味并不永存，也不过来一场推心置腹以后又回到墙边角落外，韵味一完或许等待的就是垃圾回收处。

茶与人不同之处在于，茶不表现，而人过于表现；茶不语却胜于语，好与不好慢慢对话，人好语恐慌人不懂，于各种形式美化语有乾坤无极。

茶里无语，大概也是需要人通过肺腑之言知味知觉其中的妙美吧。

人语，恐怕也是通过语往来证实言语上的高度与认同吧。

在一个自我认同与外界认同的系统里本身就存在矛盾。

平常的人在自我的认同亦需要外界的认同。

非凡卓越的人往往不刻意得到言语上的认同,需要的更是本身的磁场积累。

前者,是以认同达到内心喜悦的需要,躁动不安所求外同。而后者更着重于自己本身蕴含的追求,静能诸己寻同外境。

当追求隐晦到了一定的程度不求所有的人都懂,只是每一句话每一个字每一个动作都能在自然往来行走间非同寻常,有幸的人得到一品甜而不觉腻,香而不刺鼻,厚重而不轻浮,韵意十足咀嚼不愿离去。

孤云出岫,去留一无所系;朗镜悬空,静躁两不相干。

言谈,如茶一样的静。

她是一种品格,可以沉淀浮躁,过滤浅薄;也是一种修养,拥有了了然于心的平静,就拥有了高品位境界。

深陷，是在意里折腾

不必用全部的热情去讨好你的观众，其实，观众也寥寥无几。

你的热情，在他人处并非如你想象中的沸腾。你总得留一份热情给自己。越去苛求，别人越会冷却了你的热烈。到最后，你只能在备受冷落的墙边瑟缩。

自讨无趣的人，都是自己过于自我感觉良好。然后，极为在意他人对自己褒评。

于是乎，活着都是在无度的取悦中去迎合他人的说法。这样的人，说来悲哀，所有的言行举止都在拼命捏扭着，生怕稍微不慎落在他人的话柄里贻笑。

别把自己给自己扭曲成不像个人。

不在意就不会在人云亦云里深陷。

心若倦了，把心栖息在爱自己的田地里。

尽管不肥沃，毕竟不能减了对自己的爱，唯有爱自己，才会待来春暖花开。

不必去渴求太多人会在意你。你过得好与不好，一直以来与别人关系不大。在自己独自的小世界里，好好布置着可以容留自己的空间，供养好你内心大自然的山水草木。

某一天，若困了，倦了，伤了，痛了，你可以躲回自己那三分田地的空间。当你，拖着疲惫的心身推开门，便是四处花香鸟语，弥漫着馥

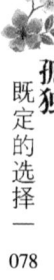

郁盈溢的芬芳。

自己空间不需要太大，但足够安全、温馨；爱好自己，其实就是在为自己造福。

在意自己，就近温暖。

生活最憋得慌的事，就是进退间犹豫不决。

欲进又进不了，想退又退不下。像似万丈悬崖，猛虎穷追。最后结果——总得要命。

节骨眼前，你必须毫不犹豫，只进不退。

你若左右为难，生活便矛盾重重。逼你投降的，只是你自己。生活，不会把一个人活生生地逼到绝处。

进，绝处逢生，退，束手就擒。

不进不退，就地生根。久了，站不起，也走不动，坐以待毙了。

从此，生活里不会再是你来选择。

有些人，走着走着，一回头就不见了。

当你细细追根溯源，那是这样就不见了。

一是别人走得太快，你走得太慢。别人不愿等你。

二是你走得太快，别人走得太慢。你不愿等别人。

三是原本同一路段上，只是不相共行。彼此相见不相融。

一则，你进步风光了，不愿有他来负累，悄然走了。

二则，别人进步辉煌了，不愿有你来负累，无声走了。再则，不分上下，平分秋色。只是，可以同路，却不可以共担风雨，更不会共享富贵。原因在于，不是你讨厌他，就是他反感你。

最弥足珍贵的友情就是，风雨同路彼此共勉，不论落差一直深情相拥，不离亦不弃。

人生，若有三两知己，再大的风雨，绝不会冷露。

习惯论人是非，在长短里肆意评论。恰似，一群都标榜审判家的名义，实际上，别人不是罪人，自己就先是罪加一等了。

这样的人最大的本事就是在流言蜚语上添油加醋。然后，以一阵阵狂笑去折损别人来取乐。

有些时候，一些道听途说，一些空穴来风，经这样的人一传，不胫而走满城风雨。

要紧的是，若别人不幸被中伤误会，经你这么一番纵唆，又怎样去面对这些闲言碎语？这是你在伤人。

一个人能够不惹众矢之的指责，最基本的原则就是不论人是非，不揭人痛处。

反之，你也是成为别人的下一个愚弄的笑料。

语言是最大的伤害，不在意就是拥有披盔戴甲的心境。

孤独与寂寞不同。

孤独要比寂寞浅。寂寞于形，孤独于心。

孤独不求外物，反求诸己，孤独是自沉世界的一种独处，它是自沉体系的一种完整状态。这是大悲大痛后的心灵归属，这时孤独就会在娴静里淡定。

而寂寞是一种病，是一种精神的饥饿。寂寞是由虚无引起的一种恐惧，它是迫于无奈的虚无，百无聊赖里像困兽一样在自己的斗室当中踱来踱去。

思想上百般斗争着挣脱樊笼去热闹里翻腾。这样的寂寞就会极度狂躁。

人生在世，站成一株有思想的芦荟，在风里雨里肃穆追求自己的尊严，绝不是求之于空间的热闹。

你若寂寞不散去，犹如困兽暴嘶来。

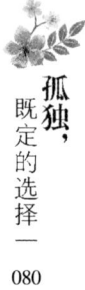

不在意，心底就独放冰清高洁的花朵。

低声下气，因为有所求。

在他人颐指气使下，委曲求全。

从来不相信，离开了谁活不下去。那只是，自己已经习惯寄人篱下，要么就是自己不愿走出自己的活法。

有骨气的活法，是阳刚彪悍的人生，他的生活是无束无缚，独当一面。无论处于怎样的阶段下生活，他懂得：生命不是飘摇的枝柯，而是固实的根系，延长着力量。

最好的活法：不卑不亢，心系守恒，索取伟岸。

不在意，你才能扼制得了名利上的追逐，你才能驾驭得了尘世万千浮华的翻滚。

路，走不到尽头；见不了最后的风景。不是心不想，而是力不及。

人世间，处处都是风景，却从来没有去认真观赏，以至于忽略了太多。

当你拼命去向往着别处的风景，直到见了真面目，满心满眼流露失望。

一声叹息后，也只不过如此。

心在哪，就风光旖旎。走得越远，越是对身旁诸物熟视无睹。

有时候，停顿下来细细观赏，身边一样景致奇秀。

无论去哪，回家的路最美。身边的，依然期待，总有人在等你。

如果，真的没有人等，心所向往之处。它一直在等……

有言道：理想太丰满，现实总是太骨感。

这话不错。只是，人生太匆匆，突然间而已。

你不能没有理想，尽管现实骨瘦如柴太让人心寒。没有理想尤其可怕，用颓废来形容不为过。

现实生活，强肉弱食。你必须往丰满而追求，否则，真阻挡不了他人虎视眈眈中把你啃得精光。

唯有，饱满向往理想化生活，攒足内心的强大才能把理想丰满，这样才能有足够的能量去抵制外侵的挤压。

你可知道，并不是神。只是，你把自己给神化了。或许，在他人的口齿上把你来美化而已，你却以为自己了不得了。

你稍不小心，摔得很重。其后，有些落井下石正是昔日里美化你的人。你只是，从未留意，能把你无限美化的人同样可以把你无限丑化。

有些心性，可以复杂到只见到暖意从不见到深藏的寒光。

太把自己当回事了，别人并不当你是回事；不把自己当回事的人，别人越是把你当回事去重视。

多少成功，多少失败。都需要超然的心。你只有不当回事，才可以：成，乾坤无极；败，乾坤再造。

不在意，就不会流连在成败里深陷到不能自拔。

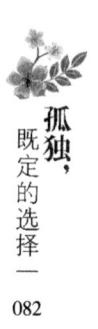

听雨，是一种境界

喜欢听雨的人，不是看屋檐流雨滴答水声。

其实，听雨需要一种境界，这样的境界就是：管他晚风来急，独坐一隅把风来听雨，把得了风听得了雨，既是风来又是水起，此时就是风水四起。这样的境界，是用尽生命来体验外物的微妙变化，心无旁骛就宁静致远。

这时的你，从内心的宁静来发现外在的美妙，从而撼动起生命的觉醒，使人的心与神完全处在一种平常所感知不到的生命与自然完全合一的状态。听雨，其实就是听心。

一滴一答，都是与心私语，与心对话。一落一溅，亦是由动到静的极致下洞见。

滴答落溅，就是在抚平心灵的皱纹啊。这一阵喃喃细语，一番体察洞见都是自己生命的状态。

不知生活太匆匆，还是人太匆匆，或者是忘了与自己的心灵对话。大概是生活与人都太匆匆所忘了听雨，忘了最初生命的底色。

生命的底色，就是雨的底色。

不仅靠眼见，更需要靠心听。

品尽无色无味，听懂无言有言，看尽生命本质，就是一种无止境的觉悟。

人之所以累，应该是尘世间的繁华诱人蠢蠢欲动。因为，拼命在追求不是生命所能盛装的堆积物。拥有太多会累，拥有太少了也会累。人间的"累"字啊，不是人心不足就是蠢蠢欲动的妄念使然。

人的心因此负累，就是本不该纵身于热闹翻滚却又抗拒不了外界的诱惑。于是，放下本身的色调，纵意于各类陆离色声之中忘情地舞动着妄念等着奇迹。尽管如此，还是破碎一地的妄念。

一开始，忘了生命的本真。到最后，生命行尸就魂不附体。

忘了听雨声，有什么能敲进心坎呢？那也是外界的嘈杂掩盖了心灵的声音，所以不愿听雨读懂自己，亦不从洞见生命发现最初本质。

世间动人心弦的语言不是灌注着甜言蜜语，应该是惯听雨声，细把来风，——把风雨来与心融进心灵的深处。

汇雨流入怀，胸襟就成就浩瀚；把风揽入心，心魂就与清风同在。

听雨，其实就是一种宽厚着生命的造就。

世间太喧嚣。

生活不让人跋扈，是心在狂躁着跋扈。

害人最深的是自己自虐。

虐到体无完肤以后奄奄一息，曾经以为是为梦想可以奋不顾身甚至不惜付诸青春的代价都是为了追求，殊不知生命并非如此的安好。愈发折腾，愈发不安。

念念不忘的奋不顾身啊，何曾记得听雨更是此刻的所有追求的更需要呢？

人，走在旅途中，不是都是因为前方风景太迷人，而是有你行走所以风景更是旖旎。

问人生多少人都有意识到远离都市，来一场赴奔千里之处的静谧山庄就能隔绝尘世万千烦扰然就枕上一段无烦忧的时间来安然入睡？

于是，就有小隐隐于野，中隐隐于市，大隐隐于朝。

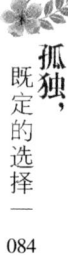

小隐，依赖周围的环境忘却世事，沉湎于桃源世外；

中隐，却是匿于市井之中，一样可以清静自在，独自安好；

大隐，隐身于朝野之中，他们虽处于喧嚣的时政，却能大智若愚淡然处之。

真正的隐者，无论在山间或都市抑或在朝野都能随遇而安，绝不可或缺着听雨的习惯。

听雨，其实是一种贯穿在每个人心灵的需要。

听雨，是一种至高的读我境界，一种宠辱不惊的神态。

听得雨声，就懂得心声。懂得听雨，就懂得把风。

那么，人间何时又不是在听雨与把风之间都是诗意地进行着生活呢？

人到中年，不应终日在世俗与平庸中随波逐流，苦苦不能自主。听雨，却是心灵在弹曲，思想在舒缓柔和里听雨声中自由奔逸，生命在雨点里悠扬着舒放……

能把心听雨，整个世界都无尽的恬静。

停下来笑看风云，坐下来静听雨声，沉下来平静如海，定下来静悟万物本性。心境若平静无澜，万物自然得映，心灵静极而定，刹那便是永恒……

听雨即是听禅，这就是一种超然的境界。

体面活法，不形于色

一个人活得体面，绝不是神色上的光鲜。光鲜虽夺目，也只不过一抹色调，炫到了最后就是苍白袭来取代了它原本的色彩，最后黯然失色。

任何的光鲜，都经不起岁月的荒芜。斗转星移，春来秋去的更替都让人招架不住自然的催促。多么美的容颜都会在不经意间憔悴，岁月的无情之处在于：你还来不及回望，所有的过往都在渐而面目全非。

只有从始到终都淡到极致的神态，才能不被岁月的斑驳所锈蚀，与时光同好、与风雨欢唱的一定是走在云烟的深处，不忘轻弹一首响彻云霄的天籁之音，这样的神态是一种当下的痴迷，它是物我两忘的豁然，它超然于物外的境界。

淡到极致，是简、是净、是格美。

行走在姹紫嫣红的群芳里，从表面来看似乎缺少了艳丽，可是却也从不因妖娆而低卑，也不因炫妆而自我羞愧。

体面，是一个人的精神长相，也是一个人内心所自然体现的知足神情。

不曾想过体面的生活需要用貌体来衬托得来，真正的貌美不是常见似是一朵弱不禁风寒的花朵，应该是生命的风骨兀自出的伟岸与魅力。

体面，需要从百般折腾里安静下来后，所勾勒而出刚劲清奇的流畅轮廓，它流转着是风骨的逸动，它挥洒着是灵魂的丰润。

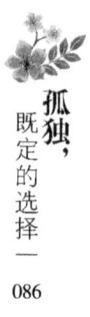

体面，隐隐在宇眉之间那一道凛然逸飞的骨朵。

折腾里不形于色所得来的即是：干净与淡雅支撑的风骨。

体面，不形于色，不露于形。

它是一脉流淌在千曲百折起伏回转的谷山逸林里缓缓平行，悠悠前行着绵延千里长，走到哪都能润物无声却也从不过度张扬它的声音，还有它的大作为。

体面，无色亦无味，不闹不躁；行无狂，意无邪，形无踪，影无留。它是宇宙间最难以察觉得到的大气象，也因为格调太高使常人难能触摸得到。体面，是气质与风骨所衍生的气象万千。

从不露声色，不哗众取宠，不大摆架势，藏灵纳妙，敛气养神，收放自若。

我想说的就是，生活得很体面，都是从踌躇中一步步折腾里得来的盛装。体面，就是一个人从矫情到铁骨的神姿，恰长城万里从不表白，却在人们的心中如此的巍然屹立盘旋延绵它的雄楚。

前拥后呼的阵势排场不是体面的活法，相反是看似毫不起眼却身轻如蝶舞的独自翩然够体面。前者的做法，太过于做作。

轰轰烈烈的隆重现身不是体面的活法，相反是隐在深闺无人问津却不悲于耕耘不念于繁华够体面。前者的做法，太过于虚伪。

任何形式上的借助外在都得不到内心的真实认可，表面上的修饰也只不过是存活在齿舌之上的赞誉缄否。

因此，生活足够的体面从来都是能够在独处里与岁月深欢与尘世隔绝的人。

可以在时空里受尽冷露，内心悄然间升腾一道暖暖的高阳。

折腾不形于色所得来的是：习惯了人间冷暖炎凉后的淡泊宁静。

当所有的人在你那里得不到体面的回礼时，就会一一离去。人世间太现实，而体面又太尊贵，谁都不必为谁自己本来不够体面时去取悦他人的不体面。

人若要走，更多的也只因他所得不到你给的体面。而真正体面的人都会来一个低调又不失体面的躬身，不夸张亦不悲叹地挥手恭送。

体面不是靠谁滋润来催产，也不是借谁的颜面来增色。它只归属成强者的专利，应运而生的瑰宝。

贝多芬指尖下的生命交响曲，仅仅一曲可横扫全球声名鹊起，这样的体面也是从折腾里来。谁又去考研过他曾经的百般的潦倒呢？

所有的体面，在颠沛流离里折腾来。

很多人不明白，借助得来的倚仗都难以媲美自身的体面。只有自己的体面，才不会仰人鼻息之下弯腰折眉，也不必为极度在意所诚惶诚恐。

女人需要活得精致，也是体面；男人需要担当，也是体面。

如果体面的人生，缺少了一个人最基本的品质，一个折腾必会尽失表面上的光鲜与风雅落荒而逃。

折腾里不形于色所得来的是：在波澜里从容行走，一个优雅的转身之后品质的厚重。

所谓的体面：就是拥有可以适应生活准则的能力以及能够独自散发出怡人怡心的馨香气质。

一个人的体面，恰同诗人所言，心的本色该是如此。

成，如朗月照花，深潭微澜，不论顺逆，不论成败的超然，是扬鞭策马，登高临远的驿站；

败，仍清水穿石，汇流入海，有穷且意坚，不坠青云的傲岸，有"将相本无种，男儿当自强"的倔强。

荣，江山依旧，风采犹然，恰沧海巫山，熟视岁月如流，浮华万

千,不屑过眼烟云;

辱,胯下韩信,雪地苍松,宛如羽化之仙,知暂退一步,海阔天空,不肯因噎废食……

德是高的,心是诚的,爱是纯的,心便会永远是绿色的。

体面的人,都是从不体面的生活里追求一个足够体面的自己。

简而言之体面宛如"孤云出岫去留一无所系,朗镜悬空静躁两不相干"。

看来啊,一片孤云出山峦,来去无一丝牵挂;明月高悬空中,人间是静是躁却与它不相干。

这是说"云"和"月"吗?

不是。

实际是比人:人的修炼的最高境界就是最体面的自己,是生前身后事了无牵挂,静下心来就不会为名利所累。不为名利所累就是一种知足的体面。

体面,心如古井,不起波澜。又怎么不敢横刀立马在风口浪尖前体面自己生命的极致洒脱与从容风范呢?

折腾里不形于色,一意孤行成独一无二的体面活法,就是一种最具有风骨的优雅,气定神闲吐露芬芳流转不息。

最美好的东西

从字面上来理解"东西"这个词汇。

"东西"一词从现代哲学的角度上来说：东西可以解释为物质（由物质组成宇宙）。

钱财是东西，让人百般需要，因为可以救人于饥寒；又不是东西，因为可以让人疯狂钻营倾轧。钱财，载舟亦能覆舟，没有绝对的好就存有不可预测的风险。可以用这个东西来换取很多物质的东西，亦可以让人为这个东西丧心病狂。其实，从某一角度看是好东西，另一面来看又不是好东西。什么东西廉价？就是用东西能换来东西；什么东西无价？就是用东西换不了的人心。

人世间，不是所有的东西都能换得了人心，而有些人心却可以换得了东西。

站在历史的岸边上纵观朝代更替与兴衰，一旦得人心就能万众拥戴，这就是江山依然的命脉所在。

曾读过爱因斯坦名言，有一句话感触颇深，雄心壮志或单纯的责任感不会产生任何真正有价值的东西，只有对于人类和对于客观事物的热爱与献身精神，才能产生真正有价值的东西。

什么东西更具有价值呢？

从我的理解来说，真正有价值的东西应该是分为有价与无价两种类别，有价即有形，无价亦无形。琳琅满目的明码标价，可以用其他东西

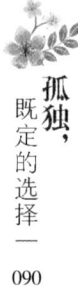

来购置换取得来。这来自于有形的物质。

什么东西无价值可言呢？那是用东西都难能拥有得到的东西，只有用人心才能换取来的真诚、善美、亲情等。这属于无形资产。

得不偿失的东西是什么？应该是对追求的东西所膨胀化了或者是对追求的东西所功利化了，都会是得不偿失。

其实，人生终极的追求也只不过内心的需要，也无非是精神的另一个层面。

最可怕的追求就是欲壑难填，一味追求物质的量，却荒芜了精神上的质。这样的人生，无利不为，无利不图就深陷在沼泽里扑腾灭亡。

人们不排斥追求一切美好的东西。好东西，都能为人所心动。通常，让人梦寐以求的东西最难以实现。

美好的东西，也容易破碎。

得不到，不是最痛苦，最痛苦的是得到后随之破碎。

得不到，也是一种美好。至少，是对得不到的东西还存有牵念的美好，蠢蠢欲动间又触不可及的美好。这样的美好，恰似苍穹悬月又宛如云彩之巅。高高在上，不轻易就攀登所取得来。只能遥望，也只能天水一方以仰慕来保留一份神圣的美。

俗话说得好，人心不足蛇吞象。愈想得到愈发得不到，太容易求得到的东西都不是真正有价值的东西。

最好的东西，恰好的得，恰好的享有。恰好，不易之处在于，看生命承载与厚重来匹配。这可需要用一颗虔诚的心来修行啊。

始终相信，世间最昂贵的东西往往是我们所用尽毕生精力都难以企及的境界。

人生至高的境界，绝对不会是身外之物的一味索求，它是反求诸己更是追求塑我的境界。

这种境界应该是：

心境，虚实之间的平衡，并以饱满的姿态去直面盛装与放弃之间所表现出的从容不迫，在面临得与失的轮回之间所体现的宠辱不惊。

说白了，就是一个人内心上把虚实得失之间看透，看透之后浅然一笑，意不狂行不乱仍然不断丰盈精神的高度与灵魂的深度。

眼界，能见与隐藏的洞见。

透过得失的表面看到实质，然后把人间的悲喜看淡，在几番轮回之间着眼之处见到细微分毫之后都淡在眼底。

说到底，眼见巨大的突变，而不会顿生恐惧感把眼光避开，用眼睛来审视一切的存在并根据转换来评测事实，从而调整拓拔眼界。

当真正看懂人生的盛衰成败与瞬变之后，就会有那种"看尽人间兴废，不曾富贵不曾穷"的淡泊心境，学会淡泊，才会做到"任天空云卷云舒，看庭前花开花落"。

学会淡看，就不计得失与纠结在眼前。着眼于未知未见的无穷万变，就能把眼界放到可以预见的先知先觉。瞒不过你的双眼，也只因你的所见在淡看，遇见就能预见。

这样的境界，难道不是人生最富有的东西吗？

有的读者问过这样的问题：究竟是什么东西才是我们不懈去追求的呢？

人世间，所有的美好东西，其实都是一种概念。最美好的东西，就是生命不息孜孜以求，它在某一个驿道以最美好的姿态等待着与你相遇。

人生的终极追求啊，没有终极点。因为，它是一种用无止境的心去超然物外。

只要在路上，就是一路风景一路歌声，原来所认为的美好也只不过

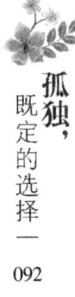

就是过去的美好，用心与眼不断去保留与否定过去的美好，才亲见更多的美好。

美好的东西源源不断，就是内心的触见与眼睛的洞见。

好的东西，一直在被发现的路上。

居里夫人、蒋筑英、钱锺书等淡泊的人生，不正如深山中的幽兰、墙隅下的梅花吗？虽然没有张扬的艳丽，虽然不愿宣扬自我，但却自然发出淡淡的、悠长而又深远的幽香。

他们乐于深居简出，其实就是在不断发掘到触见生命中更好的东西，好的东西都是在内心深处幽住着。

最好的东西，就是生命不断的觉醒，然后从觉醒中不断升华。

把心灵放在自然间，用足音来抵达人生最高的境界，最宝贵的莫过于与岁月共用一颗纯粹的心。

我尤其是喜欢土得掉渣的老物件，刚开始自己不懂为什么就那么痴迷这些东西。

我也曾多次去山村寻找一些老物件。有一天，我非常喜欢一个20世纪60年代纯手工做的竹椅。于是，我上前问老主人转卖否。主人说：这把老竹椅啊，是当年我父亲留给我的唯一遗物，我怎么舍得用这把凝结了父女情的东西来换钱呢？你甭想了，千金不换，换了就是对我生命的亵渎。

听罢，我为之一震，从此不敢妄以拿钱来换东西。

这个人世间啊，生来到逝去真正能带走什么呢？

什么都带不去，只能留下一些遗物。唯一能留下的或许也只是一种爱的传递。

我不知道，这位老主人把椅子传承到儿孙那里以后是不是也毫不动摇这一种爱。

我也知道，这把椅子不是能用钱来购买的。椅子是椅子，也不是椅子。它是一把经年不散岁月不锈的厚重孝道。

后来懂得，我喜欢老物件是喜欢它在几经岁月周折所沉淀下来的灵魂的静定，也从来不与任何东西相比较，它的价值远远超越过了它本身用途的价值。

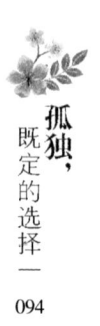

品级过招

大千世界，各色人等深不可测，高手过招，皆分品级。

只有过招，才分高低。

概括来说，品级分有三类别，一等品德，二等心智，三等技巧。

如果非以人群来分类。

那么，通常呈现的也为三品别。一等，属于君子持仁道；二等，智者为智能；三等，为小人。君子有君子往来的仁心，智者有智者的相惺惜。当然了，小人更多的也是奸佞与狡诈同体。

高手与高手过招，同类的人相比优胜劣汰。不同类的人，一过招胜负就分；若是，君子与小人过招，君子不防，恰再小人技高一筹不幸就小人得逞，也属正常。

也只因为，君子的仁慈，不刻意对众人重重设防，也正是心怀坦荡，稍不留神小人就趁隙而入。

如果说，功成名就仅仅是用在心计上。我想君子更多的是成人之美，不争夺、不嗔怒、不怨恨。得失之间不计较，因知荣辱自有天定。

有些高手，就败在仁慈上。这里说的"败"，是虽败犹荣。小人，通常是手段上的占势，而君子不是不懂，是以宽厚仁慈的心来一一容纳。之后，看尽癫狂，拂袖而去，了无痕迹。

君子，是清风徐徐，来去自如，从不陷在挂碍里扑腾不休。

君子有大格局，大多都是用委屈来喂养。

难免，常见小人得逞。

小人的做法就是为达到目的绞尽脑汁百般施计，往往以损人利己为套路，圈套层出不穷，套着用真诚相对的真君子，之后把真诚当成利益链的买卖，一次性就收网。

有些人，一开始就是有虎视眈眈的贪念，恰好见巧罢了。也恰好，多一次自我玩虐焚身的机会。

君子与君子过招，不分荣辱只分胜负，不分成败只分高低。他们的较量是建立在光明磊落之上的比拼对决。不伤及心身不损及人格，输赢的最后都发自肺腑抱拳微躬，承让了。君子过招，过的招其实是品，交的手就是德，是智占了上风，而甘拜下风的人都心悦诚服。其实，这些过招，拼的都是至高的品级。

虚空与假面过招，真真假假虚虚实实，两者间看似都掏出天使的心，实际上惯玩悬空，阴阳两面暗下较量，费尽心思在于周旋，最后赢与输都会两败俱伤。

没有谁可以评判，只有时间才是最具有公平与细密严谨的审度师。

无论谁与谁往来，到最后只能一一归纳于时间来丈量友谊的厚度。

君子有大气量，不会把时间用到无谓的人身上，也不为矮化了自我的身段。

有高度的人，不会有一丝丝违背自然人心的行为。

说到底，就是一个人对该与不该做的事有符合道理标准的尺度把控。

不伤人，亦不害人就是最基本的处世立身准则。任何形势上的得到或者是成功，都不能违背这个原则。

君子的活法，概括起来三点：

尊重自己；

尊重他人；

尊重大自然规律。

一个人的生活方式可以迥然不同，说到活法也不一而足，但是始终都是以尊重为行世立身之本。如果，一个人违背了上述三点。那么，都不是人的活法。

世界之大，无奇不有。君子有君子的生活方式，小人有小人的生存方法。

前者，把所有的追求都回归到本身的追求；后者往往是疏忽了对本身的追求反而着重于社会概念之上的名利。

君子有智慧为底色。不爱慕于形式上的浮华，他明白繁华落尽是斑驳，繁花落尽是凋零，不是狂狷与阴谋能盛装最后的淡定。

因此，君子有九思。

孔子说：君子在九个方面多用心考虑：

看，考虑是否看得清楚；

听，考虑是否听得明白；

脸色，考虑是否温和；

态度，考虑是否庄重恭敬；

说话，考虑是否忠诚老实；

做事，考虑是否认真谨慎；

见到财利，考虑是否合于仁义；

有疑难，考虑应该询问请教别人；

发火发怒，考虑是否会产生后患；

君子，行如风，稳如山，不轻率行事。

苏轼，一代文豪，虽被贬，但这个天生的乐天派，无论环境多么困苦，他都可以吟成诗、唱成词。

君子坦荡荡，即使身陷"乌台诗案"的他，也可以在监牢中呼呼大睡，心无挂碍。即使被贬海南，环境困苦，他也可以头上顶个朋友送的大西瓜，乐呵呵地称那位倚门老妇为"春梦婆"，因为那位老妇曾问他回头看这一生，曾经如此显赫，而今却苦得这等地步，是不是像一场春梦呢？他不曾想过去害别人，只是为国家、为苍生。还记得他的《喜雨亭记》，好一个与民同乐！他的一生，就在被贬的地方奔波，虽几次召回，位极人臣，受太后恩宠。

到最后，当那群小人活动得越发肆无忌惮时，他又上书请退了，君子是不屑与小人为伍的。

君子的品级，有大风范。往往不战而胜，全身而退。从来不屑于权力巅峰的召唤，独自安好，悠然自得。

高手，无须与谁过招。自己的江山千年以后，依旧风采。

至高的品级就是君子的活法，于尘世间本身就是逍遥天尊。

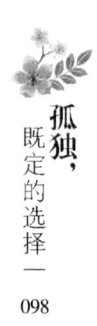

初秋，风起

轻轻一缕清风，别去了春绿夏炎的季节，在这柔情似水阵阵秋风中，幽怨婉约，秋爽似乎在游说它的风韵。

穿过春的绿裳，别去夏青的装点，枯黄的落叶是秋天的赋予，似是一个从青涩走到成熟的少女，那是在舞动秋香的季律。

微风习习，落叶卷缱，走在清秋，无尘无痕。落叶纷扬，空中翻腾，几经旋转，待归根落定时，落叶是那么轻盈，那么飘逸，那么从容，到最后悄然无声地栖息于根底，愿化成尘土抱成一团，只为守留根茎。

风起时，秋分锁了庭院，站在阁台与清秋相见，似乎有一丝丝的凄凉，残阳斜照之时，看到的是秃树枯竭的瘦态，掩埋了春夏的盎然生机，原来的绿树成荫已变了模样，庭院中，残叶败枝遍地凌乱。而这样的景象，能不能说是一种生命的蜕变？

春有春的盎然，夏有夏的青葱，但它们从来不解释它的由来与宿命。这就是大自然的规律，季节从不停滞地轮回，到了一定的时段，大自然就会随着安排和交替，由不得你的强留或是情愿与否。

假如说，没有春华，没有夏青的轮回，那怎么会有秋后的沧桑？唯有历经沧桑，也才见最完整的生命意义。

行走在初秋，蛰伏着静美与悠然，空气已不再有浮动。这时，景色不需要任何的花哨点缀，不奢求有什么附托来装扮。那是叶子的凋零后，俨然延绵出至深的动力，生命的张力。

是啊，历练过狂风暴雨，酷夏烈日的袭击后，从中坚挺扎实了根骨，娇贵和弱小早已在恶劣考验中茁壮成长。

初秋是成熟持重的季节，是看透红花绿叶的静定。已不再是春暖花开的斗艳，不是夏青怒放的争强。任尔东西南北风，千击万磨还坚韧。这时初秋，已傲骨伫立成一道刚劲又婉丽的风景。那是经过了，看淡了，了然了，所以就端正了每个季节的身姿。从容不迫走成秋收最丰实的彻悟……

走过春华，越过夏烈。看似苍凉无华季节里啊，格外的清瘦。那是在阅尽沧桑后，删繁求实的过程。遵循着自然的规律，方有静宁的秋实。

行走在初秋，忆起年少的那些攀比与张狂，那些浮华与追逐显得多么苍白，也只不过是一种掩饰与造作；在这个秋分里，已不再是患得患失，而是更多注重根骨的深植。

若，根骨磐安，即是伟岸之躯，亦是阳刚之魄。心，就不会是随风摇摆的枝柯，而是深植的根骨。当，一切的风雨与困苦袭来，皆能笑对突变，从从容容轻松抵挡。

走在这秋季，恰好清高之时，待风发这个岁月……

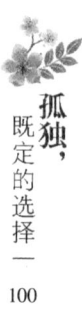

唯美不弃

世间万物生长，唯美不弃所能欣欣向荣。

唯美不弃，因美所趋。大凡赏心悦目者，皆是因美所让人念念不忘。魂牵梦萦的大美之身，堪称尤物，尤物于尘世间本就稀缺。

所谓的尤物，不是为众人皆醉，更不是为众所趋近。也仅仅是为做好自己独持一份的丽质，于空谷幽静里暗香浮动独自安好。

世间尤物，君子难述。谁，不悉心相付？

有些时候，与一种美相处，求得一抹清香，是终生不忘。

与唯美相行，恰等与怡情幽居。

美，是先修后养。

中美于修寂。修形姿，修神情。

大美于滋养。养心性，养质地。

唯有，先修后成，先予后取，与岁月悠长。

岁月无痕，唯美不弃。隔着悠悠的时空一眼望去，那一份不动声色的美，从脸上荡漾着知足的神情啊，愈来愈是耐看。

美，有乾坤无极。

它是一种内涵，一种姿态，概括来说是一种对生命的敬重。

简而言之，大美是秉承于自然，又应生于心性，显呈于言行。不仅仅是表现于某种轮廓上的美，也不是只以形式表现上的优雅来评标。

我认为，大美是一个人内心深处所托起的大情怀，大气象。然后，形成生活善美习惯之后所表现出来的一种接人待物最自然崇高的状态。

一个人内在的修行，到了一定程度之后是大美化身，所能得天独厚也因积累。她离不开善美的修行以及形、态、神的精致提炼。

这等的美，恰阳光正好，春暖花开，走在这纷繁复杂的尘世间，她像残垣断壁上的花开，城墙青苔满布，风雨留痕四处狼藉，她无畏荒凉无惧斗转星移。此时，她就是这个尘世间万物之灵，唯美地展现出独特的风景。

大美，其心灵是丰盈，其精神是饱满。犹如，高山雪峰上兀自盛开的雪莲，说不出这份美是该有多么的冰清、高洁……

于身边所有人，当细细打量，唯美的人不多却是活得够精，乍见一举一动优雅得体，一谈一吐间气定神闲，好生俊俏风骨……

天地有大美而不言；而，人有大美之身，最悲怆之处就是：不觉。

大美虽无言。不过不觉，便不自知。不自知，怎能与众生争先求美能一同并肩人生路？

满脸不屑，遂见面目狰狞。有多少人的不觉知，不是从心性徒增狰狞呢？曾去过官邸的那些老宅，一眼看去，庭院深深，门窗四合八开，一个定眼乍见庭前一株用青砖圈养的树果，长得奇形怪异，像是生命受了罪而面目扭曲，好生痛苦亦令人发寒。

看得见的獠牙舞爪的狰狞不足可怕，可怕之处就是弃去了本来就该生长于大自然间健康的美，却因生命得不到美的奔迈，生成奇形怪异的形状来，因遭活受罪，该是多可惜的事……

唯美不弃，生命就安然，心性就自在。

唯美，是一阵风来，摧枯拉朽，教人更新；是一场雨来，细润万物，大爱无声；是一脉山泉，流淌清澈，激浊扬清；更像一座江山，绵延不断，迤逦多娇，雄姿英发……

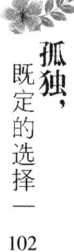

性与命的相映成辉，像山与水的相拥私语。唯美本身，就是一个人生命的山水相连脉脉相通。

大美，可以穿透生死，而没有丝毫的凌乱。大美，无疑就是一个不可侵略的神圣。

人生太匆匆，时光太荏苒，岁月不饶人。爱自己，就不可缺少对美的不懈追求。

一个人的神情，宛若一幅飘逸在宣纸上的景物，透露而出的是灵动，是妙曼，是涵美。动人心弦大多都是在无言之中涵美，然后以传神载美的方式使人醉生梦死……

于表于形、于体于神，彼此之间不多不少的落墨，恰到好处。这不是画面，而是像一个人的颜体，落墨就是在勾勒出自己活香生色的一种生活状态啊。大美，就是赋予生命的崇高。不拘囿于灵魂的奔逸，不束缚于心灵的舒展。

大美，也是构造内心与外界的和谐达到言行统一标准的重要品质。

美，是一抹色彩，摒弃枯燥；是一道神韵，扭转苍白，是一行诗篇，撼人心魂。

大美，更是一种社会身份标注的至高品级象征。

在匮乏对大美了解之前，我甚是迷惑。于是与莉薇国际美业杨博士进行了探讨美的话题。

美，于所能表现形式的仅仅是形态，却是不可缺的大美组成部分，而真正的大美不仅仅在于形态之上，更是一种规律与习惯。

一开始，我不解美的规律与习惯。

反复琢磨以后，恍然大悟。

大美的组成部分是容、形、态。

其次，仪态、妆容、体肤都仅仅是美的一部分，它溢于表，又止于表。

其后，心灵、精神是一个人用一生的筑造形成的大美之身。它起于心，唤于灵魂，又传于神情。

美的习惯，是一种对容、形、态的极度注重。可以让一个人活得足够精致，却又时刻把身上那些枝枝节节来化简为净，又不失直视本身缺陷后的优化。

美的规律，是一种对心、体、神的打造高度与透悟。可以让一个人活出体面来，却又不失有度地与灵魂对话与心神私语，能唤醒智慧的光芒飘落在大地之上洋洋洒洒通透人间。

于内生外，于外知内，两者呼应，彼此映衬。

拥有健康的大美，不至于不明不白就深陷在毫不知觉的败落里悲叹……

唯美不弃，对生命该是如此庄重的恩泽啊。

爱自己，一切也从美起筑。若干年后，唯独大美，所不被岁月埋伏惊扰这份优雅的静好……

大美不弃，即是和光同尘，入世之法。

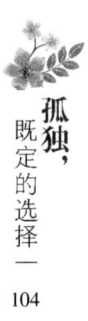

美的隽永——含蓄

虎行似病,鹰立如睡,深藏若虚,不露锋芒这是一种谋略含蓄。

君子盛德若愚,藏智于讷,用晦而明,聪明不外露,才华不逞这是一种智慧含蓄。

不着一字,尽得风流,语不涉己,苦不堪忧,是有真宰,与之沉浮。委婉表述,发人深省。这是一种韵味含蓄。

不率表情意,欲说还羞,虽说不表白,内心又炽热无比,如冻土下的岩浆,处处包蕴着热力。山盟海誓,直抒胸臆固然是一种情感的表达方式,但深沉含义更是一种诗情画意的意会表达。这是一种妙和的含蓄。

它是一种策谋,一种修养,一种韵味,一种情趣。

内敛尽显含蓄美,含蓄美妙其深,蕴藏于内而不显于外。

含蓄美的诗歌,不仅精辟概括,而且生动、传神,更富有情趣的魅力。

含蓄美的人格,不仅淡定稳重,而且低调、内敛,在无声中彰显出深厚的品位。

含蓄美的表述,把持分寸不贬不褒,恰到好处,言简意赅,由此及彼,直接反映文明的修养。

张扬是一种性格,含蓄也是一种性格。

生活需要激扬,而激扬需要在含蓄中蕴藏。在物欲横流的社会,充斥着过度的张扬表现。过度的张扬,与明哲保身背道而驰。因为,过度张扬性格的人,大多数会潜在粗野直白从而易结是非。相反,含蓄性格的人往往是在静默中释放风采,散发柔和清幽的芬芳。

长城万里,雄姿盘踞,从不张扬;泰山耸立,巍然阔壮,从不表白。大学问家,学富五车,从不自鸣得意;大理论家,理想深远,从不自命清高。含蓄,不拘泥于单纯的形式。含蓄,"无言之美,韵外之音。"能达到一种境界,即意境。美学家王国维曾说:"言气质,言神韵,不如言境界,有境界本也。气质、神韵,未也。有境界而二者随之矣。"

含蓄,能增强生活艺术的感染力,长于启发想象,具有丰富的内容,有它的特殊作用和迷幻的色彩。

含蓄,在朦胧中显意境,在曲折中露真情,在静谧中显优雅。有如"犹抱琵琶半遮面,千呼万唤始出来。"婉约中略带令人神往的无限秘密,韵味有如云雾中隐现的奇景,绝不是苍白单调的暴露,丝毫没有遐想和美妙的感受。

含蓄的人生,恰如醇厚香浓的香茗,韵味十足,耐人寻味。

含蓄之美——乃是美的隽永!

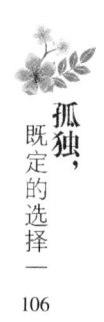

恰　好

人世间，最怡人的两个字是：恰好。

恰好，这两字是多么的动听。乍一见起来，万分舒心，像刚一回眸忽见一青衣女子轻卷珠帘，倩影雅姿，低眉含笑。这一回眸是翩若惊鸿，透过满眼的风霜，将这一刹那间的美好抵达到内心荡漾着最美的诗情画意……

恰好，像是一个人走过一片废墟，那里烽烟四起满目疮痍。一个转身后映入眼帘是大自然的富饶山水，那里是春意盎然，鸟语花香一派景深意致。

恰好，从不刻意，也没有强烈的期待；是内心深处自然而然独放的花朵，恰当时机自然而然撩动灵魂的觉苏。

来得太早，走得太迟，都是不好。失之交臂，往往会捶胸顿足遗憾终生。

恨晚，恨意绵绵；太早，又恨来不及时。太晚太早都是恨意。唯独是恰好，是不求自来的心旷神怡。

不请自来，不全是意外。恰好在此时，来了，也恰好内心世界需要，就是恰好。

饥渴难耐，垂死挣扎之间所有欲望在念念不忘里一一覆没。恰在此时，脚下涌动一股清泉，你所有的厌烦，就在这一股清泉下随之遁去。

世间的太多厌弃与憎恨，往往是未曾到恰好之前所滋长。与其说厌弃与憎恨，不如说是人性的恶性。

人生的苦无非也就是：得不到，又不知从何得到；放不下，又不懂如何放下。然后，在得不到间厌倦了念想，在放不下间烦躁了执着。

恰好，不需要去妄念，也不需要去强执。此时的恰好，就是一种解脱，也是一种成全。

强来与强去，都不如恰当来去那样的韵雅。

柳暗花明，否极泰来。人生是一个驿站与下一个亭台别有一番风景的境地。

千篇一律的执念，不能灵动心境。我想，这人世间没有一成不变的境遇。

境由心转，乾坤无极。心在自然间，何处又不是时刻处在山水田园里闲情逸致呢？

恰好，因心生而境转。

我始终坚信，一个人的心灵承载厚度与身外拥有成正比。厚度到了一定程度，就有相对的高度恰当地姗姗到来。

恰好，其实并不是完全都是恰好。根据制定的时间来抵达到某一时刻的际遇。这也不能说仅仅是注定，更应该是一种造化。

恰好，需要一定程度上的德行积累，心灵沐浴着清风明月，春暖花开都是在凛冽严冬之后的不期而遇。

问人间，多少人又把恰好当成幸运来欣喜若狂呢？然后，又有多少人把恰好折损以后黯然神伤呢？

所有的恰好，虽然是动人心弦也能让人神采飞扬。

毋庸置疑，从来没有不请自来的幸福，只有用修行恭请而来的幸福。

应运而生，恰好符合。

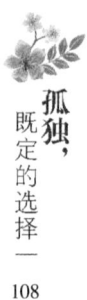

每一种际遇，像风云际会，恰逢此时却又不知何时又消逝。

真正的恰好，是不论风雨一如既往保持着生命的厚重，匍匐前行在朝圣的路上，该来的就是恰好，不该来的也是恰好。

来与不来，见与不见。若生命厚重所在，沐浴着德行的春风，奈何缘浅？不是缘浅不至或者是缘深不寿，应该是生命的厚度与心灵的盛装决定恰好的时机与出乎意料的收获。

人生很吊诡的地方在于，你往往最动心的那个时刻，都是在你还没有准备好的时候遇到。

恰好，是需要资本来接纳承装。

缘为天定，分在人为。

人与人，人与物。所有的期遇，去与留来与走，都属于天定。恍然若失，也只因为不曾懂得有些人与事，于生命中恰好来一回就会远走。

既有的恰好应该是：凭心而走，自然而行，应物便是。

人生最撩人心魂之处在于：恰好。

美的绽放

生命,是一场跋山涉水的修行。

最终的抵达,就是化繁为简后的大美之身。恰似一朵遗世独立的空谷幽兰,不以无人而不芳,静默幽居在心灵的深处独自安好。

她极致之处不论环境形势都随遇而安静放异彩,不哗众取宠,不故弄玄虚,不畏万千浮华恰到好处地舒展出生命该呈现的那一份清高的美。

尽管,在一个毫不显眼之处也悄然怒放出独特的美。仅仅在一刹那间,大合大开,吐露芬芳,尤其惊艳。

真正的大美,向来独恃惊艳蕴藏着清高。清高与众不同之处就是:不与姹紫嫣红争艳亦不以己悲,独自含英咀华亦不以物喜。清高地伫立在尘世间赏心赏己呈一枝独秀。

她有她独自的活法,却也不屑于大红大紫的喧嚷,她更乐于着眼未来扎根于基质;更注重于体魄的健长心质的涵美。

大美的绽放,永远离不开岁月的沉淀。

这里说的美,概括来说分三个层次,同时具区别之分:

第一种,限于观感的美。仅符合一种平常人的审美标准,这叫形美。或许是一开始可以让人为之迷醉。只是,久之却不耐看,视觉总会疲劳,新鲜的美亦层出不穷。

第二种,基于体魄的美。这是一种人体机能的健康。也唯独,这样

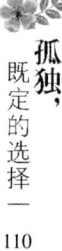

的体美来支撑起一躯美轮美奂的身姿,不至于生有娇艳的容颜竟暗留千疮百孔的遗症。这是生命最基本的需要,也是一个人活着绝不可或缺亦不可忽视的美。

多大的功名利禄,远远抵不过一躯健康的体魄。人间所有的享受,也一定是以体魄的美为前提。

第三种,暗香流转内在神美。这种美会让人窒息,不仅仅是让人赏心悦目更使人念念不忘。通常,藏于无形,却胜于有形;隐隐于内,却闪现于外。这就是修身养性所形成的美,纵然任何人为方式也不能模仿得来的这等优雅与气质。

这样的优雅与气质,是一颗善美的心与岁月静好所盛开一枝经年不凋零的花朵,闪亮出熠熠生辉的神韵来,大气从容的立身,惟妙惟肖的行世。

这样的美,并非简单。她需要达到生命修行的至高境界,皆是众生终极的追求,也是人生在世最理想的活法。

这样的美,简单来说是心灵修行的境界,集于智慧的深度以灵魂的高度。尔后,自然体现出内在的涵养,托射出姿态的大气之美。

我们需要相信经久不衰的美,一定是秉持着形、体、神的相互呼应形成。美,就是有灵魂的存在,应就存有生命的张力。

一个人精神长相,事实上就是内心的长相。形、体、神的相呼应,所能体现在言行举止点滴之间。无论落落大方,还是优雅得体,事实上都是一种高度丈量的形式表现。

美,亦分大、中、小。从某种意义上来说,亦区分为貌体、心智与德行。那么,女人的大美为心净,中美为修寂,小美为貌体。而男人呢,大智为信仰,中智为克己,小智为财奴。

这世间,看似纷繁复杂形形色色,本质上还是在不懈追求美的自己。无论种种际遇，美的立身永远是所活着待人接物最直接体现而出的修为。

任何的美，从来不迫切于似烟花烂漫却异常易逝的凄冷。昙花一现虽见美，只不过往往让人不忍心去赏悦。恐怕是残香凌绝消逝太快，别人不愿成为一种遗憾的痛吧。

岁月太匆匆，容颜易老去。当繁华落尽，看透人情冷暖以后，生命之地所不被荒芜，大美之花仍风骨犹存，那就是心间永葆着一朵永不凋零的花朵。

这需要积累，一种持久在岁月沧桑里汲取着菁华的健康养分。春去秋来，风来雨去，扎根在美的土壤，何必恐慌于岁月催人老呢？一颗永葆活力的心，绝对不会束手就擒于岁数之上的枷锁，动人心弦的永远是内心的一首歌，于心灵上轻轻弹起青春的小曲。

大美的绽放，盈盈含笑间不动声色不为悦人。于细微之处张放之间极尽了优雅，显然成为一枝独秀。只有这样的美，支撑起生命的气场来，无论身处于何方，都让人望尘莫及。

遗世独立的美，本身就是一种自信的曼妙。

形而下的美，神所不散。有形，而神不散。这就是一种永恒的美。

于常人所不能尽知的美，皆也把形、体、神相结合并步步循序渐进，这也是一种美的传承，一种爱的置心。这也就印证了：守得住大美，就留得住世界内外的芬芳。

相谈别后，我曾几番端坐，几番沉思。幡然醒悟，有些形与体的美啊，也需要正确的雕琢修整。美，需要我们善待，等于善待自己。人生太匆匆，拒绝美就等于拒绝了生命的质量，心灵的丰盈程度，往往决定一个人的生活质量。

后来，我更认为这三体合一的美，所有的体现论证绝不仅仅是视觉

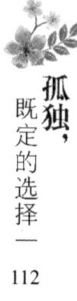

的审美，那应该是一种经得起敲打考验之后的见证，见证着大美的化身。

若，匮乏一种美的心灵，就不会发现外界的美；若，不是一躯健好的体魄，怎么会灵活灵现来一场盛大的修行。

然而，我们往往更多的是趋之若鹜着眼于未来，却忽略了行走所携带上必备的美，原来啊，欲上琼楼玉宇，拥揽日月，必先把自身登高望远的气魄攒足啊。

真正的美，基于健康，源于心灵。形于容貌，呈于体魂，而见真于心智。美的绽放，是生命花朵的盛放。哪管风起云涌，窗外多喧嚣，独处一隅梳理着生命的枝柯，静看花朵盛放大美，浅然一笑，优雅不散。

求美，是对自己最好的犒赏。谁人，不为大美的化身定格所叹为观止呢？人来人往能拨起一颗悸动的心，大概也仅是因为有一种美的存在吧。

人生无常，冷暖自知

人情世故，冷暖自知。

你需要知道，有些事用语言表达太苍白。

语言表达不了的事，也只能用缄默来解释了。

有时候，并不是因为自己多么想说，而是有些事必定要说。

有时候，自己的千言万语换来一种缄默不言，这时最好的说服力就是不说。

这无疑在暗示着一种不动声色的回绝，识趣的人收拾起一颗破碎心走人了，不识趣的人或许在纠结愤怨着什么就愈是为难了他人。

结果面前，都一样的无声。一个人，若不想和你说话，不是厌倦了你，就是隔离了你。你不必去深究，否则会更加心伤！

有些事，不必说，就是最好的说法。不必问，就是最好的答案。

越是在意什么，越是在在意里失陷。别人不在乎你，何必去寻求说知心的话，不懂的人那里，你说，他不懂或者是不想懂本身就已经是一种伤害。

若是他不屑，那就是一种亵渎。

有时候，人会犯贱。当然了，人生也只因为犯贱了几回，得到冷言冷语泼湿后的墙角瑟缩，也才知道有些温暖，还是自己给自己最能保温。

你不必用太多的温度，焐热一颗冰冷的心。他那零下几十度的冷却

早已成了冰块,你的热量不过就是太过于绵薄。

所以,无论你拥有多么炽热的诚意,你别以为能融化一座冰雕。相反,他的冷漠与寒气会覆没你的深情。

仅仅覆没还好,一次性了了。真正的伤,因为你太深执了,然后在念及过往的种种会神伤,会心痛,会恍然,会叹息,也会在这痛彻骨髓。

一直牵念,就痛苦不散。

有些事,是活该。什么是活该?说白点就是,自讨苦吃自作自虐。不是你需要怎样去化解事情,而是有些事情并不是你可以化解。

你若喋喋不休,非讨个说法,即使有多大的说服力,在他人无声无息中把你折损得不留痕迹的刺痛。

有时候,让人疯狂的,不是别人给你,而是你自己习惯不了人性的冷暖。在不自知中,高估了自己,也牵强了别人。

有些伤,就是自己给的。当你在意的人不予理会时,别人也并不是在你伤口撒盐,而是自己在得不到平衡相待时自己给自己撕裂了的伤。

一个不曾有你在他世界的人,纵然你内心汹涌澎湃,他不会有一丝波痕。无论,你多么的信誓旦旦,在别人那里不过是天亮后的一场梦里的游戏。因此,别人的世界与你一直有着鲜明的界线,只是你模糊了自己,妄想逾越过他人的山河。

不,那不是你的地带,别人的领域不是由你来自作主张,也轮不到你随意进出。

你,必须懂得自知。那将是多么的重要。

不自知,将永远不会懂得冷暖。两个人的世界里,不是你凭恃着什么就可以恣意左右别人的思想。

别人若是不言,你也不必言谈。别人,不一定把你的赤诚当成他一生的依靠，也不一定非得有你的依靠能活得轻松。很多时候，我们自己给自己一个自欺的抚慰罢了，以便于说服自己值得这样去往来。

当一颗心慢慢被剥削，你会知道，在这个人世间，不过是自己惹了自己，而又用对别人的埋怨来宽恕自己的不自知。

有一种痛处，就是掩耳盗铃。明明知道会伤及，却又不承认那是自作孽。你拒绝得了一切，却难以抗拒那自我沉迷的陶醉。

不自知，从来没有去考虑自己的分量。总在那一刹那间，怀疑这世界。

不是世界有问题，那是自己走过山一程，水一程，风一程，雨一程而从来没有一个驿站能够容留，那青春逝去，回过头来，原来自己在不自知里逐放了太多自以为是的自知言行。

不自知，一回头，一辈子。

有些话，别说。安静点，尽管心痛得不行，不必在别人的无声中又陷进冰窟窿里，这样带着伤扑腾着挣扎着，无人会在乎你的生与死，那完全不关他人痛痒。

缘分是有计量的，在你念旧里品尝这份冰寒伤感，不如你自己一个人独自狂欢，那样的你不必顾虑自己的得失，在错与对那里自己知道就好。

冷暖自知，抛开尘世间忽冷忽热的牵绊，你的内心世界里就没有一丝丝的冷寒交替。

不必苟活在他人的世界，独自一人盛放着生命，于万千红尘中敛于冷眼活成自己的姿态，也不失真本性。

人生无常，冷暖自知，彷徨不在。

你的姿态，于这个世间行走是尤其的重要。

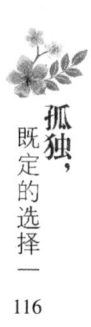

独一味

生活,总得有自己的生活方式来过。

独特的内涵,从来不需要太过于明显,也绝非过于显山露水,它与众不同之处就是站在夸张的背后静看浮动,看尽放肆。

不动声色,亦不形于色。当,狂放到淋漓尽致后,深浅都让众人见得精光,暴露无遗。

拥有内涵,向来不会刻意表现,独守深厚,仅仅是做好一味,每每大合大开不必哗众不必取宠。

相对内涵的人有相对的味,稳稳地相吸,从千里之外,就听到远远的足音,共行在一个内在美的语言系统里,在同类的世界里品味着相同的一味。

有一种药名叫"独一味"。其性味,苦,微寒,有小毒。有小毒乍听起来,让人不寒而栗。

对,独一味,有毒。不似常人所以为的携带恶性剧毒伤及人体。这一味的毒,可解顽痼疾。

对,独一味,有寒。却不袭侵于人,是清高,是冰洁,是凛然。这一冰寒,可傲世九重天,可与严冬冰霜漫天共舞。

有毒却是神圣;有寒却是冰清。为这一味,独自守心。

独,本就世间稀有,于这个人间是美的化身,是韵的氤氲,是灵的横空,是妙的奔逸,是质的漾荡。

守一味,守一身。不苟同,不摇摆,该是多么的清正啊。

清者自清，浊者自浊，泾渭分明是绝不含糊。

独一味，格调太高。像极了一个人孤独守住一脉山河，在天高云长处悠然自得，衣袖飘逸纶巾羽扇，更像高瞻远瞩的智者伫立巅峰，气定神闲宠辱不惊。

"芝兰生于幽谷，不以无人而不芳"。遗世独立永葆个性不张扬，蓄藏着厚香不外露；独秀一枝与莺飞草长私语，与幽谷逸林对话，不屑于热烈的大红大紫，不慕于鲜丽的姹紫嫣红。独守，尽管是苍然，尽管不显眼，却是如此的如此的蕴意十足。

我无从下笔，无从下笔。似乎是面对独一味的清高时，有些高不可攀。

尽管如此，还是暗自着迷。

独一味，"毒"一味。

隐隐于内，敛芳于心。如同一位女子，独守芳华的这一味至绝代。而这样的女子，可以独处庭院看那花开花落，可以静观日月阴晴圆缺；可以手捧经书彻夜独守青灯，这一味是蕙质兰心自然吐露芬芳。

独守一味，仅此一味。不曾有，不再有。如此妙美，恰处女一般恬然雅静，引得众君子好逑。

最好不过如同是我醉生梦死寻求一叶高马龙珍茶与坭兴陶老壶的对话。

在此之前，我亦与诸多茶类相遇，或者是相遇太早，后来都是匆匆别过了无眷念。

不愿驻留，也只因为没有留下的理由，不是独味不愿留。于山间梯田漫山遍野皆是，任凭众人品饮，我之所不喜亦不追随。

独枝独味，独得韵雅。人生有一味是独味，可魂牵梦绕贴心附体。通常啊，一见如故，恨在相见太晚。

仅此独一味，守得静定。

| 第三辑 |

物我两忘存执念

　　忘我如茶,高山上的那个我被抛在故乡,沸水里被唤醒乡愁。数次冲泡洗涤,留给世界的总是一缕春意,一脉馨香,哪怕是茶渣,也可以用来做花肥。茶不以茶自居,故而为茶,人不以己自居,故而豁达。

不听弦断

殊途走来几经千转百回，双双于某一处亭台楼阁相见。同行的路上一悲一喜，一笑一哭。跌跌撞撞续上了音全。

人生，太多悲欢离合。恰，弦断了，"嘎"一声，再无人听，再也难续。

弦断，不在弦质上，是久了就会衰化。

那人不再是千姿百媚，那人也不再是风流倜傥。

断了的弦，再美好的过去，也都不愿去追忆。

共同度过多么美好时光，也难弥盖住现今的伤痛。

柴米油盐酱醋茶，既是乏味又是必备的一串生活音符。

音符不全，曲残难延。月，虽有阴晴圆缺，可生活的调味，太咸太淡太苦太涩，都难调到合适的妙美。

久了，就是厌恶这一味觉。

千篇一律，周而复始。心倦了，人累了，情也了了。

音调，不调都难全。五音不全，七音不和，尽失妙美。

弦外之音，也得听懂。

不知就不觉，不觉即不悟。多少句话，不是原意？多少欢笑，是强颜？

有些委屈，一生不可自决。有时候，仅懂自己还不行，得懂弦外之音。

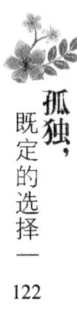

嗔怪不解纷至沓来。也只因，愚钝未觉醒。

弦未断，已隐残音。听不懂，悟不透弦音意远，谁人听？

恰似，高山与流水，清风与闲云。不说，都印随。

琴瑟和鸣不难，心神合一不易。

曲终人散时，唯有一人久久不愿随人流奔走。

一曲能欢悦内心深处琴音，是一声声沁人心脾的独白，隐隐约约婉转千回，最后只有听得懂的人，在心里久久地缭绕不息。

弦，不断。人，不分。

世间，所有的深情，源自于相悦。

最能动人心弦的琴音，那是在最后弦断之时的凄美。恰好，听闻的人循声而来，瞬间对视心与心弹奏起相惜的弦内之音。

世态炎凉，人情冷暖。多少的离别，一去不复返就是因为不愿听闻弦断的凄凉。

铅华褪去，繁华落尽。多少的回头，在千里之外赴赶追寻当初那声凄凉的弦断。

琴弦上的泪，弹尽了沧桑。最后的弦断，那是凄凉的终结啊。

永不遏止的琴音，深深隐藏在弦内之音……

尽管，音不外传，彼此间的心神意韵早已蚀骨幽居。

无所谓弦断，无所谓弦外。

世间纵有薄情寡义，彼此弦在心间意在指上，一对视都是满满的深情厚谊。

不听弦断……

生活的风雅，不是附庸得来

或许迫于生活的压力，或许为了体验梦想成真的那一刻，我们总是加快脚步往前冲，却忽视了身边的一切。这时候，我们就需要放慢脚领略不一样的风景！

在劫难逃的不幸，没有人能阻挡得了。

你不必抱怨，也不必逢人诉苦。

这样会给人内心的讥笑，有些人表面上以劝慰的方式来对他情绪不受干扰的一种解围。

这个人生，没有谁没有苦衷。也没有谁没有他的故事。

你需要知道的是，不是你的故事只是悲剧，而是，别人不愿意用自己更加痛苦的悲剧来说事。

因为别人知道，过程需要跌宕起伏刀光剑影，才区分出江湖的强者。

生活继续，悲喜不散。优雅的人，转身又是柳暗花明。

对生活，你需要有一定的底气来支撑。

我说的底气不是身外之物的拥有。这样的底气就是，品尽沧桑而宠辱不惊。说到底，就是无论面对怎样的际遇都能从容不迫。

你慌恐着什么，就极致在意些什么。说到底是因为，害怕失去。

有底气的人，面对得失荣辱不悲不喜，仅浅笑便了然于胸。

这样的生活，一个"淡"字，媲美于石破天惊的气势。

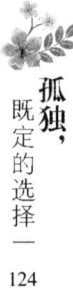

若即若离,相亲不近。

没有谁与谁好到一塌糊涂,然后能持久甚欢下去。

亲而有间,看似疏离又是亲近。心与心桥梁的维系,一定是双方走得欢快舒畅。

太了解,或不了解都不好。

太了解了,人家不愿让你看透,你不必非得把别人了解到体无完肤。而不了解,就不能让心完全坦实。

不坦实的交往,难以建立彼此之间关系。

了解太多或不够了解,介于中间甚好。这样的交往能持久。持久之处在于:忘不了,也少不了,世界有你在,他就会在。

不要去了解太多过去事,不需要懂得太多。该懂的,交往到一定程度自然会懂。

所以,不必去违逆自然的往来。

若,心与心相惜,天涯处海角边,总有你在。

优雅的背影,让人留下无尽的想念。

生活就是忧喜参半的结合体。

物极必反,否极泰来。不见有走不过的路,无论荆棘丛生,还是崎岖曲折。脚下的路,就是生活。除非,你了结了生命。

生来,活下去。并非简单,不简单的生活,才让你彻底去追求简单生活。忧与喜过后,你安静了,不吵了,淡泊了,身心就能超然物外了。此时,平和才是你最需要简单的活法。

无谓攀比,无视诱惑。你才能处在汹涌暗流的世界之上活成一朵优雅的睡莲。

生活的风雅,不是附庸得来。

你不必追逐跟风他人的脚印,你有你独自的风雅活法。对于这些尘世浮云，你若敛冷于眼，生活就威风八面。

万千吵闹喧嚣的浮动，抵不过你内心一丝丝的静气。素面朝天不会败给浓胭艳脂，关键在心胸有蕴含便在无声中透露出一种贵气的优雅。

你若心间含英咀华，多大的珍珠也会暗淡无光。因为，你赢得身外任何东西都无法媲美气质与修为。

你独坐一处，不与浮生同在，那气场早已万丈芒光。这等优雅，模仿修饰不来。

生活的风雅是内心的一首诗。字句之间里平平仄仄蕴意十足，既能脍炙人口亦让人陶醉。

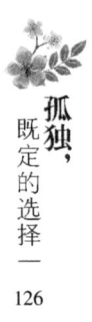

爱恨到极处

人，属情感灵物。喜怒哀乐七情六欲，应感起物而动。

爱恨情仇，生死离别都是一种常态。一旦有人群，就会有分歧。然就，人以群分，物以类聚，志趣相同的人成了圈子。

然后，圈子与圈子之间的套路迥然不同；人与人之间的志向兴趣截然不同。

于人群里的恩怨与爱恨，走到了极处就是物极必反时。

任何的颠倒，都是到了极处以后的转化。然而，否极泰来也根系在特定的形势上才能把乾坤扭转。

爱一个人，有时候就会变成因爱成恨；恨一个人，相对来说很难转变成因恨成爱。

人与人，一生了恨。也可以冰释前嫌，和好如初。始终，总有芥蒂留有痕迹。

人间，不应有恨。人间，人来人往皆过客。

或者是，他人来到你的世界里溜达转悠一圈，给你留下一道痛心疾首的伤痕后转身已远走，虽然留下的伤痛挥之不去，不必用愤怒来追寻他的足印，这是耗尽青春的复仇之路。

这一路不到尽头，就死不瞑目。不血洗怨仇，难平前耻。这条路，其实就是一条把自己折磨到不归路。

恨到了极处，心所容不下，呛着胸怀。恨不得，他人遭受千刀万剐的极刑灭绝。

恨一个人，就已经是自己与自己过不去。追恨一个人，更是难以平愤内心的仇深。

填不得了的仇深，难抚平得了内心的纷争。有些伤痕就是生命所避免不了的附带。

树敌，就是一场人性上的自我杀戮。

善良的人，始终不会以牙还牙来雪恨。

有些爱到了极处，就恐慌着失去。束缚了行为，百般窥探心思，千端猜测形态。

真正两情两悦的心，绝对不会束手就擒于这种方式。而，人间所有持久爱恋，应该是既有独立自由的空间又能保持着彼此分不开的黏合，前提也就是彼此懂得。

绝对的忠，绝对的好，不必恐慌于他人离去。

两情相悦的世界里头，关于真正的自信，不会生怕爱会丧失情会淡化，应该是不断用心去浇灌着心树成花开，彼此随时闻嗅花香。怎舍得痴迷在苍凉冷露里深足呢？

浓郁的化不开的情花，需要共同的呵护与浇灌。

有些得不到，谁也休想得到。推到了极处，冤冤相报也不懂何时了？

爱也好，恨也罢，人生的种种遭遇，境由心转。始终相信，善美就是不论岁月更替从不凋零的一朵花，伫立在人世间最耐看的一枝花。

善良的本身就是惊艳的化身。

人间有爱，不必生恨。

生来死去，从一开始从来没有公平的待遇。这个就是自然上的不公平，用公平的心态在不公平里行走，所有的正知与正念就能持平静的心

来悠然自得独自安好。

无论世间纷繁，人总归也有爱恨，只是把爱恨放到恰到好处，这就是有态度的生活。一种不被爱恨所牵扯不清的人，就不会有心在极力挣扎的形势所迫的斗争。

活得拧巴的人，往往会在不明不白不干不净里爱恨交加欲生欲死，患得患失里寻求不到自己的姿态。

妄忘太多就魂不附体，妄想从他人处获取永恒之塔，都是难以攀附。这个灯塔，她的神圣与明亮，是用一颗澄清的心来换取永恒的日不落相照。若用好人与坏人关于爱恨上的比较。坏人丧心病狂，在得不到也放不下间要么毁灭要么践踏，而好人通常会有自知之明，即使得不到也不会去惊动这份美好。

恨，是波涛汹涌；爱，是涓涓细流。

人性的丑恶，永远也难能亲近爱的缓和。唯有保持一颗不悲不喜不怨不恨的心才能得以爱的召唤。

有些爱恨，仅仅是在一念之间：一念到天堂，一念到地狱。

那么，爱恨都到极处，是什么呢？

爱到极处，是自然，水到渠成。

恨到极处，是癫狂，万念俱灰。

前者是天上人间，用善美的心来盛享着人间美誉。后者是地狱狂魔，用丑恶的心挣扎着丧失心性。

拥有一颗善良的心，虽然不慎也会有伤害。其实，不至于颠倒在恨之入骨里挣扎着折磨自己的心性。

恨一个人，恰是憎恨了自己。

人间有爱，爱里饱满着岁月的暖意习习，近有花开，可嗅花香。

其实，是雨滴敲心坎

邕州江南处，人来人往过于喧嚣，早早就迫切觅得一处可轻梳慢理的静地。大概是看惯了尘世纷纷攘攘，隐隐之中已厌倦了眼前的浮华。所幸心都在浅浅地墨染着淡简淡素。

也总是在无意间执笔阡陌，舒放到大自然的一山一水，将心铺张成一幅丹青宣纸，落墨成一方绿竹隐约处的庭院，那里有青砖黛瓦，有小桥流水，悠然地道着流年即景。

宛如禅园听雨，与自然融为一体。打这儿走过的人，从不曾忘却那一座幽静的楼阁与亭台镌刻于心的古风、静雅、幽深……

曾经走过的古巷深处的石桥，清清静静的如织缓流，几叶乌篷，枕着翠色，鸟语欢悦，花香迭发，一派青色。浸染江南，置心禅园，倏然间，那千转百回寻觅后，在这遂见本我。

能平复内心的躁动，就能亲近自然，回归平静。世界太喧闹，还有什么抵得过一颗曼妙舒展的心置于大自然间的那份禅定呢，还有什么敌得过一个人心灵深处那一份奔逸妙清……

禅园，雨丝裹杂着沉香气息，不待嗅闻，已得香味，看那一瓦一砖，一景一物都是岁月留下年轮的沧桑，其间蕴藏着多少艰辛风云的故事？

只有读懂的人，才会明白所有的老物件那种欲言还休的无声胜有声。如果你真懂，那么你就是阅尽沧桑亦能看尽人间百态的智者。

漫步禅园，在院落里焚香听雨，用老陶壶煮上一盏来自于荒野的香茗，把劳累烦扰抛置于九霄云外，沉沉盘腿一坐，这一坐是静定，是禅悟，是明心，是见性……

用心品味，那一缕缕香茗飘来，呷入一口，沁人心脾，人茶合一，天地同在。最理想的生活，也只不过是静听流雨，闲读岁月，物我两忘。然后，然后……

近看汉宫女轻撑一纸油伞跚跚走来，倚窗轻卷朱帘，乍见那黛眉朱唇下盈盈含笑，那一瞥足于惊鸿，舞云袖翩清风四起。疑是天仙九宫外，谁惹闲愁隐人间。恰似穿越时空，瞬间置在汉朝人间，于斑驳青砖墙上画留一行过往的印痕。惊醒，那不是梦，而是照见前世的你。

远听古琴声声，温婉在长廊，千转百回后深藏在这左拥右抱的风水间，余音久久不肯息宁去。醉卧在禅园，醉生梦死于这一地的静安里，梳理着尘世外千丝万缕的愁绪，不是禅园大自然山水让人心旷神怡，那是此今禅园欲故引大自然而造，造进每个来人内心建一座自己景深意致的山水啊。岂不是让人即时与大自然相栖呢？猛惊，与其慕外，不如悦心！

长风舒卷一色清脆，曲流婉转盈盈；谁不从峥嵘岁月中踌躇过来？舌润天河，卷曲漫卷芽愫，激荡茵荫蔽。邀高人做客，往来有鸿儒，和窗共度西风，一排排宫灯点红，论古谈今，茗液香醉东西客。

云雾漫禅园，柱柱石桥起，小桥流水间蛙跳鱼游，物我两忘。禅园有来人，闲中且细饮，滔滔雾里青。不分彼此，那是人与人，人与物相融又相惜。

神之所兮非琼浆，茶之所兮非草木，翠云玉砌。宫女妙妙，巧手焙茗，芽映娇颜，神情顾悯阡陌，在这青瓦青砖里，道出一条通往古文的幽深。

南风徐来，新芽点点，这是春天的气息，浓荫盖山野，激情之夏，风来雨落，瓦上寒烟碎，是飘忽的山岚把粉墙黛瓦染成了一片诗意。

时光啊，流过瓦上四季，只是浪迹天涯的人儿，你何曾记起青瓦铺就的房顶。青砖小瓦马头墙，回廊挂落花格窗。一草一木皆是诗，一砖一瓦总关情。一片青瓦，便是一缕浓得化不开的情愁。

风入禅园。雨在瓦上行，横的是季节，竖的是时令。碧瓦青灰那欲断还休的雨，一串一串滴滴答答，那不仅仅是雨声，那是敲进心灵的禅音。

墙上的戴瓦花格，那瓦上的行云流水，那凭栏眺望的女子，恍惚间，宛若回到千年以前的前身。

怅望平生，知音寥寥，此方唱罢，短歌谁和？如今物华泽流，曲径流觞，千古笔墨淡香，琴瑟音断，尔心荡漾？揭开尘世间那虚伪的面纱，在这座禅园里头唯有真实呈现出最自然的情怀。

来者是谁人，是富贵人家或是高官达人抑或是文人墨客？其实，来于何处都不重要。重要的是：人，若能平复一颗躁动不安的心就能抵抗一切蠢蠢欲动的妄念。

于禅园里听雨，是亲近自然，拥揽本真；是照见前身，觑见本我。

禅园独坐，汉乐曲终，茶已品尽，奈何无眠？也只因，屋檐流雨在敲心。

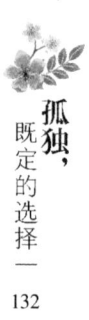

恋，执一念

执一念，纳一悦。

世间尤物，总在众里寻之千百度以后才能执于掌心。

喜一物，执一念，择一城，恋一人。因为一物降了一物，让人痴迷；因为情让人牵肠挂肚择了一城守护。

放弃种种，不惜把原来的安静来颠沛流离，心执一念从此不忘。为寻一物或一人不惜代价也为拥有。

心仪的东西，往往一开始饱满相思苦苦又苦苦寻觅；相悦的人，通常百般生死离别后的念念不忘再度重逢。

喜欢，仅此而已；钟爱，仅此唯一。仅此，应该是在种种挑剔选择后的仅此吧。这人世间，后有的痴恋恐怕也只有将情感彻底地披拂以后才如此绝对吧。

人让人舍不得去，物让人难以了念。都是因为"悦己"这两字让人不辞折腾也放不下。

贪恋，置身其中在相对的人那里，也是一种莫大的欢怡。

执一念，暖一心。

弥足珍贵的人与物，有时候并非一定得拥有才是幸福，遥遥相望又难以触及，又足以让人不经意间就想起。每每想起，内心深处就泛起阵阵温暖的涟漪，一层又一层的幸福在悠扬。

人间最大的苦，是得不到又放不下。

喜一物，恋一人。有时候，不需要囊括，才能悦己。

有点回忆，值得去回想；有些影子，值得保留。有些气息，值得寻觅；有些遗味，值得回味……

然而，就是有些人心太贪婪，得不到谁也休想得到。

得不到又恨得不到，放不下又恨不能放。人生的轻松之处，无畏于得失，熟视过往云烟。曾经拥有，就是最大的得，也是最好的放。

喜一物，执一念。择一城，恋一人。事实上，一份念一份恋都是一个人在一个人或物那里的寄存。

幽居在欢心里以寄情的方式来守候的温暖。

有些得不到，用一念来代替最完美的心相栖。

执一念，安一念。

只因为虚无，所以填补。

有一些人或物得不到时，以恋念来增添空白，让其精神上了一道灵动的色彩。或许不是色彩斑斓，也不至于空洞苍白。

这样的执念，不涉及牵强。任思想凭空遁潜行，其实，念念不忘的人或物此时都安好，就已经是让人欣悦。

朝朝又暮暮，日日又夜夜。一种隐隐约约似有似无的恋念，人不在物不在似都在。真正的朝夕相处，不是时刻黏合就能长存。

有些人应该是温温地贮藏在心间，偶尔想起就在眼前能跳跃出惟妙惟肖的音容，久久的与心共永。

携着眷恋，静看花开花落，细数光阴故事，心上若有这一份温暖流转，任岁月荒芜都掳掠不了。

尽管，人不在物已非。留存最初的记忆，时常念当时初见，不论年月更替都不会老去……

人生，最大的煎熬就是等。

值得去等的人，就是不会把青春年华埋葬在无期之中。

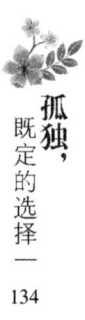

遥遥无期中挥霍年华，就是最大的损害。

总有人去楼空时的落寞，那是别人当成一个歇息的驿站罢了。

苦苦等的人，就是用青春与精力倾心构建起这座固若金汤的城墙，长年以往都在抵制万千人入得城心，只是为了苦苦等待来的那个人。

苦苦等待，还是等来了。悲痛的就是与前来的人都只是当成一个短暂歇息的驿站。这样的苦苦等待，其实就是苦苦煎熬自我的折损。

一个人远远地走来，他的归宿就是停留终点。这个终点，如果恰好就是所用心构造的地方，不必执念人就自会来。

那样的人，从一开始走来，就应该是听得到那深一脚浅一脚的坚定足音。

有些人，有些物，自然就来。不必执念，总归留下。

所有的等待，满心满眼都应对的人，那是多么的重要啊！

所有的执念，不应接受在别人的迷离里不能自拔。

不自知，不知。不圆念，不念。既是不知又是悬念，都是欲念。

一个人一件物的等待。更多时候，因为形、神、态占据了恋念的绝大部分，而有些人的好，始终是与之注定擦肩；有些人的不好，也是因为在自己执念里深陷不清。

执一念，不论来去离合，执对了一念，犹若眼前同处，在与不在都不重要，心若在那一念就不是那悲悲的西风吹来让人顿觉蚀骨的沉沦。

一个人成就了一个人，一件物映衬了一颗心，所有的恋念与心间的丰盈，一定就是对的人对的物。

拥有与否，其实不是你需要的全部，而是心间所不可缺乏需要的重要部分。

重要的生活一部分而已。执与不执，念或不念，你的生活都在继续着……

人生，愿是一盏茶

　　人生愿是一盏茶，浓浅也罢涩香也好，在通过用水与火的催化中，不温不火不疾不徐地展现生命的芬芳。供给人拿起与放下中尽享生命的精髓，乃至后来，渐渐被世人遗忘，无悔这一生。

　　我不太会茶道，戏谑地说应该是附庸风雅。我喝茶，纯粹解渴和恋上茶的味儿。恋上，当然有恋上的理由，因此也是我的需要。如是非得有个专业的茶道知识，我也只能旁听插不上话。但，我就偏好这口。从此，喝茶成为一种习惯。与其说是习惯，不如说我对茶有依恋的情怀。

　　不知从何起，茶成为我生活中不可缺失的一部分。大概与茶有前世的渊源吧。当然了，品尝的种类千万种，我情有独钟的只有茶。

　　应该说是我喜欢享受经过生命历练沉淀后的品位，一盏杯通过沸腾浸泡又诠释出它沉寂多年后的品性。让我一一去品尝，品尝着它当初独历经风霜雪剑的傲骨，回味它独绻身躯甘于沉寂落寞多年后的缄默，然后，释放出它生来到此的全部雅韵。

　　每一种茶，总有它的生命由来。我不分劣优等级，只要成为茶，我都不嫌弃。或许是我骨子里平凡，因此茶色茶香的等别我不刻意去挑选。即便煮着一壶无色无味的茶独饮，同样欢喜。我真正想品的，不是茶的本身，而是品它那份沧桑的精髓。

　　茶，不分好坏，应该是茶种的选择与制作上的工艺，当然了，离不开别去自然界境后的孤寂与忍耐。

茶，只分好的程度。这个程度上来区分茶的韵味与沉淀的精髓。换句话说，茶的好也需要守得住寡清，愈发愈醇香，愈久愈浓郁。到最后，这茶好到什么程度，不记得茶的本身，只记得茶的味觉。

茶的这一生，所有的过程，后来只凝结成一抹或犹之未尽的留香于齿，或品之弃去的过之不记。直到最终，透过在茶杯中它们的生命在几经舒展、缱绻、翻腾绎尽它一生的价值，一缕清香跃然于空中氤氲着离去。不带着哀伤，不带着唏嘘，不带着惆怅，悄然无声，犹荣未尽。

至于，后来唇齿留香与否，任人评说是非与否，总之不需要去在意，因为，它不为谁而活，不为悦人而生，不曲意逢迎，不取宠喧闹谁人。它只负责一生活得够精彩，活得真实，活得带风韵。

杯子以外，有它的世界。杯子之中，亦有它的生命。它生命的巅峰，高到了极致。它能傲雪凌霜，又能寂静无声，它能笑对生命，又能随遇而安，它能尊重自然，又不悲于弃之纸篓，它能展现生命，又不畏于蜷缩生命。杯中内外，皆有它的雅韵与身影。它既不悲于生亦不畏于死，生命的最终，清香四溢，氤氲缭绕，留人兴致。

愿是一盏茶，无论谁品尝，生命就是如此——安然地来，安静地去，无悔一生。至于评论，飘然而去。

我常常与茶对话，守住一盏茶，静听它生命的诠释，静看它灵魂的飞舞，品味它生命的精华，于我的齿间牙缝，舌上喉中，肠道胃里推心置腹。且看它轻歌曼舞，又听它喃喃细语，总之甚是欢喜。

它用多年的沉淀积蓄着韵味，在杯中演绎着一场惊天动地却不动声色的旷世舞姿，只为，给生命弹奏一曲动人心魂的谢幕舞曲。乍看去淳朴，细细嗅闻浑璞，敛息观色纯然，屏气呷品雅味，它的一生毫无保留贡献了人类的齿唇与兴致，不图后话的赞许，给人意味深长，也不计较它骨架与躯体的冷露置放。

它的告别仪式平淡，很简约。与沸水舞一段，与紫砂拉拉手，与口杯把把盏，安然无声，宁静舒适地把灵魂腾跃于空中，把芳香留给大地。它追求的生命高度，灵魂高度，仅仅如此而已——逝去当歌，留香于人。

每每喝茶到最后，我总把它品到无味，这是对它生命尊崇的一种方式吧。或许，它的生命价值不需要别人去肯定，但是我只有这样和它守到最后共欢一场，以此去肯认虔诚送到最后。

一盏茶的生命，让我敬崇到顶礼膜拜，为一盏茶生命的来去过程甚是为之一震。我深深知道，你的生命不为成就自我，而是活到淋漓尽致地散放生命的热量，是逝去时无怨无悔地留下生命的菁华。因为，它从嫩芽到枯萎就有着生命的奔向，所以，它的生命最后一定就是在无声中掀起浑厚。

无欲无求，不待人闻香，它拥有独特的态度并蕴藏奇香渐让人寻味。

当把一盏茶，喝到无味。其实，我在与你对话，听你歌唱，看你轻舞，留下你最让我自豪的音影，把你镌刻在我的骨髓中，也沾你一世的英美，迭遢入我的心魂。

人生，愿是一盏茶，愿是一盏茶。拿起放下几回合，留下的都是每一次雅韵、菁华、芳香的辉煌释放。

彷徨，那是心在颠沛

生活，并非一般；人间，太多苦难。世态如此炎凉，人情无常冷暖。活着其实就是一种在折腾里强大生命。

人生，在无常里折腾。也必须折腾，才促使生命的强大。

强大的生命，不是不懂疼痛，而是把疼痛变成一种习惯以后，当成一种生活的乐趣来享受罢了。

真正能承受得了种种刺痛的人，就是一颗心于人间里悄然间就穿盔披甲所向披靡抵抗得了外侵的一切疼痛。

强大，就是从不因伤痛而颠沛流离了心的迷失。

心，若风采依然，江山依旧独存。一切的悲痛，其实都是因心的作祟。

心，间歇性的在迷离，终究寻找不到生命归属。

伤痛后的彷徨，是寻求不能来的安定。

月有圆缺，人有福祸。世事太无常，于瞬息万千，守得住一颗大将风范的心，遇事不乱，如囊中取物。

无畏世事时势多变，心随境转人随心走。闲情来时，闭门抚琴，听尽这跌宕起伏间或高亢或低吟，反复交替着音律，恰享人生本是无常，起落浮沉却是那般动人心弦。

唯有，起伏与落差反复轮回，才是完美的曲终。

最深的伤痛，就是伤入心中又人尽离去，没有回头的知己，苦苦哀求着那份懂得，当望穿了秋水，还等不到一个人时，久久地在悲怆里黯然神伤。

最浅的笑意，就是笑含着万般的冷露与霜冻，即使是一个人的行走独自抵挡着万千的风雨，与岁月沧桑共赴一场惊天动地的相约，于天涯海角相依相守。

你，始终是你。你的心置于自然里闻嗅花香，就有旷野的芳香为你而散放。

岿然的心，无论掷置到哪里都能随遇而安。

彷徨的心，整个人犹如行尸走肉一般存活。

最深的伤痛，事实上从来没有明码标注着。往往是根据内心的承受来自我评定的伤痛。

多大的伤痛才是最深？最深的伤痛恐怕也只有深渊不知底吧。

那是心纤降于伤痛，人随即成为了伤痛的俘虏。恐怕，这样的伤痛再也无法用时间来治愈。

于人于事，经历种种，伤痛种种。或许太多伤痕累累，事实上，不全都是别人伤害你，有时候是自己伤害自己，然后归咎到别人身上。

最后，伤及了生命的尊严。

只有懦弱的心，通常是感受到自己受尽世间极度深度的伤痛。

只有在不公平的待遇里愤懑，才备受了满心的疮痍。自我作孽的方式，通常是把悲痛无端陷在欲绝里用杂念来渲染平常的心。

最公平的待遇，应该是得感谢着及时的伤痛，以至于生命不受老来该享清福又被伤痛所折腾的疼痛。

最深的伤痛，是从不能止休过自给的心力交瘁，无端端地就愣着径直彷徨迷离。

历尽沧桑也经过磨难，在重重叠叠里仍然带着浅笑几经周折走来。

任凭折叠都不皱的纸张，它生命的弹力绝对就不会屈服在折磨里成型。

雪地苍松，岿然独存；苍溪百折，千转归心。

一颗苍翠欲滴的心，饱满着青春的活力。绿色就是它的生命，枝柯就是它的风骨，向苍穹索取伟岸，向大地深植阴凉。

一半阳光，一半阴凉，它的繁殖就是它那颗绿色的心所能萌发的活力。活力托射而出的就是它的归属。

植在山岩之中，尽管是含羞忍辱，也不过为了索取与延伸生命的价值。

拥有生命的张力，不屑于风雨的反复折腾。

没有彷徨，生命从不慌乱。

痛彻心扉的事，是人的心惯藏于伤痛。拒绝得了疼痛入心入骨的人，不是对疼痛毫无知觉。只是，把这一份知觉隔离，不因疼痛而牵扯起内心的恍惚。

恍惚的人，心在无尽地流离，没有归宿的不是人借寄不了一席之地，而是心在漂泊。流离在岁月里不与时光静好。

不被人看好的人不重要，可怕的应该是自己不看好自己，然就把心逐放任其肆意在狂乱里迷离。

所有的伤痛，更多的是挥不去得失荣辱的沉沦。

最后把惆怅、愁绪、悲伤、苍凉都一一归咎到心情来。

不见心中的日月是魂不附体，心都在颠沛流离又怎么能有一个安然的幽居？

这人世间，什么都可以没有，绝对不能丧失一颗坚定不移的心。

心若乱了，人亦摇摆不定。彷徨不请自来造访。

痛而不言伤而不语的人，大概也只属于强者的专利。

沉敛的心，稳稳地就贴近生活。惊而不乱，痛而不语，妥妥地安放于岁月的一隅。

英国哲学家罗素说过，累累伤痕是生命给你的最好礼物。我们需要知道，任何的馈赠都不如自然的馈赠，包括苦难与悲痛。

心若安然，于人间不幸皆痛而不言，这是一份坚韧，一份刚毅，是狂风骇浪中傲立不屈的礁石，是滚滚黄沙中顶天立地的胡杨，是铮铮铁骨的硬汉铭烙在骨血中的气节与骄傲。

伤痛不散，溃败不息；心不颠沛，人不流离。人生，所有的彷徨都是一颗迷离走失的心找不到灵魂的归处。

不慎走失了的心，都在彷徨里深足。某一天，生命的号角响起，彷徨的心会惶恐不安。

当，你不再是自己，得承认灵魂在迷离里彷徨，那是心在颠沛还有年华在无端端地挥霍。看好自己，就不会迷失。你还是你，任何人都难以用他的心来承担你的悲痛。

强大的生命，总在会心一笑就把种种伤痛迎来送往，不着痕迹却尽得风流……

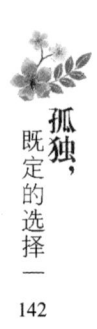

无须悦人，更须悦己

初写这两个字，无端的欢喜。悦己，简单到可以自我赏心的激扬，恰似面对一湖澄清的宁静，徐流着一道轻松的行走，如此安然不必为谁的颜色去委屈了自己。

人生最轻松之处，不必讨好取悦谁，拔升着悠然的神态，去享受其中的生活。若是矮化了自我的人格，便是在他人的世界里忍气吞声了自己。这就是一种姿态，芸芸众生中最具有尊严的姿态。

这样的人，应该是善于独行独往，却也不失于疏离群体。不表态，却也不张扬，不屈尊，亦不会过于傲世。他的活法，简单来说，处于纷繁的世界里，穿行于各色人等，尤其地从容，说到底就是优雅至极，游刃有余。

人，若生怕些什么，就更在意着什么；人与人的往来，越是刻意讨人欢喜，越在他人的颜色下诚惶诚恐。这时，更加需要的就是累人的揣摩，人家一个神色，足以让你百般费神。某些用意，与其说讨好，不如说是屈尊降贵才使得溜须拍马保全自己的一种表现。于是，处于仰人鼻息之下跪行。

自然界里，芸芸众生，各有各的生存方式，每一种生命展现出独立与风采。它们，于山间野外，海底峰顶，雪中霜里千姿百态，独领风骚。尘世间，怒放的生命，唯美自己的活法，却不用献媚于谁，风雨袭来，傲然挺立着骨魂。即便一株平凡不过的小草，也不得不让我油然尊崇，尊崇它们坚韧的骨节。生命的过程，与人类雷同，生命太短暂，却能如此精彩这一生。

众多生命的勃发，活来得以优雅，定然能独居一地，不屈降于恃强之下苟延残喘。有些人，忍辱负重也从不把节骨践踏。这是因为，血液流淌着骨气，镌刻进命里的坚强，迸发起胸间的激情。

我独爱竹子的立世。这句"未出土时先有节，已到凌云仍虚心"。足以警醒后人，节气的价值所在。也难怪先贤圣人们对竹子百般地赞叹。清郑板桥诗语：咬定青山不放松，立根原在破岩中；亦有清魏源诗云：凌霜竹箭傲雪梅，直与天地争春回。

这个人生看似纷繁复杂，沙泥俱下。本质上，还是你一个人的世界。无论，你凭恃些什么，仗势着什么，最终在他人的颜面得到的倚仗也会削弱自己的志气，在唯唯诺诺的言行矮化里，败给别人，也败了自己。

悦己，将灵动着整个灵魂，流转着心胸的浩然正气，丰盈着人生的寂寥，似是一朵荷花，悄然伫立于水中央，枝柯之间架接起底气。于心于魂，袒露着最真实的一面，烘托出最能赏心的姿态。

最好的姿态，不需要去借助附和得来的琼浆玉液，不需要靠低声下气换来的强大。在悦人得来的认可，同样在悦人的刻意里消失殆尽着一切得到。无端端去讨好了谁，损毁着自己；刻意去取悦了谁，彷徨着自己。无论用意如何，始终离不开在他人的颜面下，扫了一地的憋屈。说到底，还是因为自己瞧不起了自己。于是，在委屈里，欲罢不能又不愿承认自我的菲薄，在患得患失间迷离了真正强者的生活。

喧闹的红尘，不屑于过往云烟，不慕尊贵权势，过着山间一般的闲云野鹤生活，也不需要在他人的眼皮底下以卑贱的心态来富足生活，更不需要倚仗他人的光鲜来填补自己的苍凉。

活法，若建立在他人神色当中，将会吞噬自己风发的志强，在奴化着矮小着尊荣。

悦己的人，遗世独立，却不孤芳自赏。烟波浩渺，雪月风花，不失本色。它是一种原则，一种个性，一种能耐，也是一种自信。它闪烁着人性的阳刚与魄力，标注着性格上的韧劲与独立。

有人问，究竟生活最大的乐趣在哪里？我这里想说是，无论何时何地到何人，不必奴化矮小了人格的身段高度。即便是两情相悦的世界里，最能保鲜的方式，也唯有相互的敬重。

悦己，于孤僻中一样产生火花一般的绚彩。因为，不必仰望，自然万物都得以平视相对。

悦己，即是悦宁心身。避开喧嚣，无须造作，悠然自得。一颗平静的心，端正了姿态，这就是对自己最好的犒赏。

秋雨梧桐

是夜，有秋雨敲心窗。

雨在瓦上细细行，流下如织的雨水落在窗外的窗台上，溅起一朵朵苍翠欲滴的睡莲。尤其是夜深朦胧中显静美。

今夜，秋雨带着春夏盛行，裹着风情万种平平仄仄地走来，那一步步行欲说还羞渐行渐近渐迷离……

倏忽之间，人在屋里心在窗外，远望着秋雨似有伊人伫立眼前，定睛一看是梧桐身影与秋雨洒脱地挥舞着身姿，于这样的夜，孤独中独舞成一树风韵，在细雨中似凄美更是绝美。

秋雨，极为优雅。

秋雨，并不似像夏日一阵骤风急雨瞬间袭来，极慢如缓丝丝落下，而在屋里青灯下的人自顾怜影时而眺望窗外的梧桐树，这一场雨把人与梧桐树惹得渐迷欲醉。秋雨与梧桐，等的就是一场轻私语吗？

那屋里人呢？

屋里人啊，是在等着秋雨与梧桐又一次深情的对话，在对话中参照着曾经的悲欢、离合、恩怨、情欲……然后，用出世的心态来排除私心杂念，用入世的姿态超然于物外。

午夜时分，人静望窗外把心听秋雨，看那远方朦胧的天际，偶尔听见近处细雨与梧桐的耳鬓厮磨，那轻细的语言恰似一首首传情的诗歌，旁若无人一般悠传着甜言蜜语。秋雨与梧桐以外的外物，无法明白这一

次的交织,曾有多少日夜的苦苦等待与期盼。

这一夜,是梧桐盼来秋雨不许枯萎凋落去。

秋雨这一来,不仅仅是梧桐欢愉更使得万物滋长盛放。等秋雨,逐一渐上一层层盛世的装点。梧桐啊梧桐,你依然如旧,如旧梧桐把叶听雨,纵有难舍难分皆礼诚庄重,庄重着迎来送往着秋雨绵绵去留。

屋里人,也许听不懂它们的语言,却能体会得到这就是一场看似平常却又热烈的深情拥抱。

看着看着,人的泪眼也蒙眬。

秋雨一来,深入梧桐心,还有人心。把持不住平常秋雨不来的那份从容,多了一份悸动一份凄美,也多了一份思绪的纷飞……

秋雨,淅淅沥沥敲开梧桐的心窗,也让人欲语泪先流。

见雨,格物,致知。

一场雨与梧桐私语,悄然惊动了一个人的参与,参与在这一场不必用语言来表白却深深地懂得就在今夜的再度重逢,重逢着昔日也续传着来日一成不变的懂得!

秋雨懂得梧桐的等,梧桐懂得秋雨的来。恰到恰好恰如其分!

恰意里深情不息。

我始终是相信,所有的等都是历尽煎熬,所有的劫都是过于强求。

却不似秋雨梧桐一般,在岁月里等得虽煎熬亦不强求,这样的等是彼此间撼动的心在呼唤。

是夜,有秋雨敲心门。

秋雨孤独,梧桐亦孤独。秋雨来是孤独与孤独相见,是清高与清高的交集。

枝叶与秋雨的私语细诉这一来去的苦苦相思,旁若无人尽情缠绕。人站在深秋里静看落叶,近看梧桐花开,独守梧桐成果。虽说这样的夜，别有一番心情。

等一个人看懂，也等秋雨来私语，梧桐花开不谢，风起不飘零，任凭风起梧桐枝柯听雨声。而人，在深秋的夜里一直伫立在这样的境遇，秋雨韵意不去梧桐便花语不止。

人与物，身与心刹那间在这时空里站成绝美的风流蕴藉。

当秋雨梧桐落叶时，隐隐中细细听有话小扣窗栏上。

雨滴落了浮尘中的燥热，梧桐树枝洒落一地的净水，一丝一横地涤去了久封的尘埃。

人在屋里窗前，悟尽那些人间苦苦牵强后的崩离陌路，需解秋雨梧桐的苦等；世俗中蝇头小利鸡鸣狗盗，需常用秋雨来洗涤；困惑之情久处幽地而抑郁之人，也需常用秋雨来释怀；趋炎附势，阿谀奉承，执念之人，亦需常用秋雨来静心。

梧桐与秋雨看似不语，竟能让一切得以洗尽尘世种种！最好坦安的拥有都是上天自然的赋予。这一场的秋雨梧桐私语，足以让人几番端坐，几番凝重……

梧桐不落叶，秋雨一来只为代谢。长青，恰是人在屋里锁在最美的时分，恰好定格最美的那个时辰，这一定格是人站在窗台上一眼就与秋雨梧桐的永恒对望。

秋雨梧桐落叶时，这一夜正是人解得人生百态的透悟。

人生愁长未解，那是心千千结未释然。你看，秋雨梧桐本不相干，秋雨一来梧桐落叶代谢。到底是秋雨等着梧桐呼唤还是梧桐等着秋雨细语呢？彼此相等，彼此相待，都在无声间共永。

梧桐一树花开时，秋雨不带走一片树叶。秋雨浸湿在梧桐树上，梧桐如斯地吸吮恩宠。

等来的是彼此给予；等到的是彼此悦意。然后，成为一树花开，是

对秋雨绵绵的回馈。

　　人在窗前，静看秋雨梧桐。今夜此时，困倦已来为何尚未有睡意？只因，秋雨梧桐落叶时，人按捺不住与之共私语。

　　心窗以外的美，然就格物以致知；心门以外的世界，然就致于辽阔间奔逸。

拥有个性的活法

不必用全部的热情去讨好你的观众,其实,观众也就寥寥无几。

有些热情,在他人处并非能够你想象中的沸腾。你总得留一份热情给自己。越去苟求,别人越会冷却了你的热烈。到最后,只能在备受冷落的墙边独自瑟缩。

自讨无趣的人,都是自己过于自我感觉良好。然后,极为在意他人对自己褒贬。

于是乎,活着都是在违心地取悦迎合他人的说法。这样的人,说来悲哀,所有的言行举止都在拼命捏造着,生怕稍为不慎落在他人的话柄里贻笑。

轻松的生活,就是别把自己给自己扭曲成不像个人。

拥有个性的人,不卷入虚空假面而扑腾着自己的初心。

这个人世间,形形色色扑朔迷离。久了,心就会倦了。

将心栖息在爱自己的田地里。尽管不肥沃,毕竟不能瘦了对自己的爱,唯有爱自己,才会待来春暖花开。

不必去渴求太多人在意你。你过得好与不好,一直来别人关系不大。在自己独自的小世界里,好好布置着可以容留自己的空间,供养好你内心大自然的山水草木。

某一天,你若困了,倦了,伤了,痛了,你可以躲回自己那三分田地的空间。当你,拖着疲惫的心身推开门,便是四处花香鸟语,弥漫着

馥郁盈溢的芳芳。

自己空间不需要太大，但足够安全、温馨；爱好自己，其实就是在为自己造福。

一种个性的生活，不必探头墙外，守好自己的花园岁月里静好。

生活最憋得慌的事，就是进退间犹豫不决。

欲进又进不了，想退又退不下。像似了一头万丈悬崖，一头猛虎穷追。最后结果——总得要命。

左右为难的事太多。因此，生活便矛盾重重。逼你投降的，只是你自己。生活，不会把一个人活生生地逼到绝处。

进退的选择，要么绝处逢生，要么束手就擒。

不进不退，就地生根。久了，站不起，也走不动，坐以待毙了。

从此，生活里不会再是你来选择。

拥有个性，就拥有灵动的生活。

有些人，走着走着，一回头就不见了。

大概也就是你唯独秉持着个性，让没有个性的人难以接受，难以接受你的不入流。

再者就是因为原则问题上的分歧。

坏人的做事方法，往往寻找臭味相投的共同体。有个性的人做事方式，往往不愿纵身投入于群体。

所以，拥有个性活法的人，有独立的思考方式与不易摇摆的心。

习惯论人是非，在长短里肆意评论。恰似，一群都标榜审判家的名义。实际上，别人不是罪人，自己就先是罪加一等了。

这样的人最大的本事就是在流言蜚语上添油加醋。然后，在一阵阵狂笑中去折损别人只为取乐。

有些时候，一些道听途说，一些空穴来风，经这样的人一传，不胫而走满城风雨。

关键在于，若别人不幸被中伤误会，经你这么一番纵唆，又怎样去面对这些闲言碎语？这是你在伤人。

一个人能够不惹众矢之的指责，最基本的原则就是不论人是非，不揭人痛处。

知人，不评人。这就是修为。

反之，你也是成为别人的下一个愚弄的笑料。

有个性的人不会沉溺在口舌上的吐沫星子。

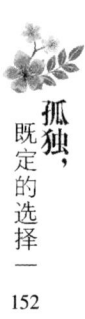

风 骨

　　强者,不论顺逆,不论成败,用超然心境来抵制忧伤的散发。生活,不因此黯然失色,心情,不因此黯然神伤。

　　没有人能够永不挫败;也没有人一直走顺境。如果都没有过彻底的伤痛,就不会有抹不去的伤痕;假如,一枝娇贵的花朵从不经风雨,注定瞬间腰折。

　　顺逆有轮回,成败有更替。唯有一颗超然的心境能立在风口浪尖之上横刀立马。

　　那是什么姿态,那是大将的风范,强者气概。

　　他的人生,一定会掀起澎湃的浪花,绝对不是悲戚逐流的漂浮。

　　那才是,真正的气派。但,也只是强者的专利。

　　大气象,就如同在残垣断壁上那一朵盛开的花朵。

　　所有的一切毁灭了,满目疮痍,不见生机。恰在此时,正是它能顽强地支撑起生命的花朵。唯有它,最起眼。

　　它,冷眼旁观宇宙间万象变迁,却裹着独立与生机。傲立在风雨当中站成一枝独秀,这一枝独秀尽是它自强不息的风骨。

　　大气象,向来就拔类出众,却从不哗众取宠。

　　它,厚积薄发养精蓄锐,注定有气象万千。

　　大气象的魂魄,只有强者能一呼就百应。

　　从容的人,气定神闲。

天崩地裂之际，面不改色；众生惊慌失措之时，游刃有余。

这是什么来支撑他的底气？

那应该是智慧与勇气所投射的光华，闪耀着金属般的色泽。

即便是危机四伏前，能把一件又一件事，锻造出品质上的升华。

当众人惊觉后折服，随后，那一片哗然来；他，那一转身，尤其优雅，甚是从容。

从容的人，宠辱不惊就是他的格调。

有深度的人，灵魂是静定的。

他看惯悟透了人情世故。能把百种肤浅与千端戏谑不露声色淡出眼底。

其后，敛首凝重又砥砺前行。

思想上有深度的人，心胸必定虚怀若谷。

不争，不吵，不疯狂。

他是慎终追远，绝无乱始求近。

他是大悲大喜后，把浮躁和凌乱铸成一首首悲壮的歌谣，然后，用深沉与稳笃来书写一篇人生激昂的诗行。

有深度的思想，就有态度的生活。这样的人，谁也难以左右。

有人说，清高是孤傲，也有人说，清高是造作，更有人说，清高是鄙夷。

清高是什么？

它永远是一株遗世独立的幽兰，花香只是懂的人能来嗅。

它永远是一道清晰透彻的溪流，不与同污合流独自着渠道。

它永远是避开尘世的万千浮华，不慕盛世里那些寂寞同体的狂欢。

它永远是持着尊贵的不屈身姿，不为仰人鼻息低眉弯腰苟活自己。

清高，需要资本。

不是唯唯诺诺咋咋呼呼可以学得来；不是畏畏缩缩战战兢兢可以做得到。恰恰相反，在尘世里清高，最有风骨。

清高，他是看尽红尘的转身，他是透悟浮华的拂袖，他是厌倦纷争的隐退，他是反感谋算的淡出。

他与夺权谋利的江湖画地为界。从此，不容侵犯他的领域。

清高，站在了灵魂的高处，走在精神的高端。

在一个人的独处中，看清自己。

在一群人的热闹里，迷乱自己。

一个人的独行，是孤独静安的。一个人，纵身于一群人里的独欢，那是寂寞狂躁的。

独处的好处就是，不担心被人取笑，因为只是自己。可以，随心所欲，也可以自由自在。

刻意以狂欢来驱使孤独的人，事实上不仅仅是孤独，而是寂寞。这种寂寞就是很想得到悯爱的极渴。

既是百般需要，又是百般沦陷。只是，用自欺的方式掩盖了内心的真相。因为，他的寂寞，不是独守，而是慌了神故作镇定地穿梭于热闹之处寻慰藉。

强者的风骨，不会折堕在尘世间的热闹里翻腾沉沦。

其实是听心

于邕城江南闹市处圈留一方静地。为此，我整整耗时了一年的时间来设计，只为打造属于内心的安放之处，这个安放之处是经我从一砖一瓦一物一景来筑建布局而成的禅园。

禅园不大亦不小，足够承载着我走过三十个春秋的所有过往。无论是成败悲喜抑或是荣辱得失，都把过往一一贮放在这一座楼阁里典藏了起来。不拘于任何形式上的牵扯，让过往可以自在地舒放却又不敢过于声张躁动，禅园就是过往的一个归宿。说白了，就是我灵魂的归处。

这座禅园，极具带着神秘而幽深的内容。这样的内容不为常人所知，也只有懂的人可以透见详情。

它是一种语言，需要用心来倾听，也是一种符号，需要有水平来破译，更是一种不被常人鲜知的秘密，需要不懈地解读。

概括来说，它是我的一部作品，我写的一篇文章，它的中心思想以及整体结构还有段落字句之间，把自然与灵妙相结合，把简单与古朴相呼应，把粗犷与细腻相映衬。我所要的，仅仅是一份心情，每每临亭台而坐听雨，能够听到心灵声音就好。而这个主题，就是听心。

虽然，某些方面的装饰不是尽得人意。对于我而言，它是我用心血凝结而来跃然在纸上的山水云长，穿梭在一步一景里的一枝一叶，每每着墨时息息总关情。

说是禅园，其实是融入大自然的景象来作为整体的风格。这样的风格，虽然说没有什么独到之处，或者是我迫切需要就是——内心深处一直有山水丛林、亭台楼阁、青砖黛瓦，还有小桥流水，也或者是我生命需要用大气象来装点行世吧。

我崇尚自然，因此喜与自然相依。只因，我怕丧失与自然同在，那尘世浮华啊能将人的心扭曲。

因此，禅园的空间感，是生命的留白；古朴的老物件，是心灵的归真；屋檐滴答流水声，是灵魂的轻语；起伏落差的长道，是通往修行的路，天方地圆中庭院深深云雾缭绕，青石台阶斗拱风雨桥处放眼望见一缕阳光匝地，闭目养神间远处传来一阵鸟语蛙鸣，小桥流水中一群鱼跃虾行，若隐若现的一轮圆月高悬，偶尔有伊人轻语，茶香撩人，古筝声起，那是从远处飘来又于青瓦间绕梁，久久不息，好不惬意……

大自然赋予的美，让我通宵达旦不舍就寝。即便是夜已深，我喜于独坐楼阁一处焚香煮茶，煮上念念不忘的高马龙珍，仅一味醉掉了心，仅仅如此让孤独方生得奇门遁甲的预见心境。

闲时，我常来回踱步在四合院中庭，不是在寻找些什么，而是在寻味与大自然栖息的清雅，在寻忖着日月天地的大道规律，在寻求着如何将这份静定别在门环之上，岿然不动亦不失风骨，可褪去尘世铅华返璞归真。

我喜欢老去的物件，因此无数次深入山野寻找。应该是怕忘了本质，所以寻找最原始本质上的古朴。

敛气而藏，终成厚积，然就薄发。对老去的物件钟情，独爱于种种带着年轮的旧伤，那一轮的斑驳一记的沧桑，都深深地隐隐着曾经的风雨，耐得人去寻味。读懂它的故事，就读懂了人生。待这些千辛万苦得来的老物件，我能做的只是把它的生命进行庄重相待，悉心呵护让其灵动起来。

通常，我喜欢与它们对话。无关痛痒毫不掩饰的对话，不苟求懂不懂仅需要静默里倾听，这也或许是我的心情对事物的一分寄居吧。

这座禅园的建造简而言之，是一座通往内心深处亲见本我的静地，一所让灵魂置放在悠悠舒展的禅地，是包罗万象是悦纳众生的一个平台。

我不想过多描述，更不会自诩，只能说就是自我的心境的陶醉，陶醉在禅园听雨里，哪管那窗外风多急尘多厚，沉沉一坐呷一口茶读一本书优雅不散。

恐怕，这个人间没有什么可以抵得过那一颗如闲云野鹤逍遥自在的心了。

不敢彰显过多，原因为了避嫌，其次从来不敢自以为是。无论种种若是凭心而走与大自然同在，就不会恐慌着行走的路上会迷失，也不会导致相行的人继而离去。

心在大自然，就有大自然的拥簇；身置在静安处了无挂碍，怎么不见禅心呢？

多么的狂躁与焦虑，多少的惆怅与落寞，于禅园静听雨声静听心声，顿然间都随风遁去。

心若折腾，风雅尽褪

这人生在世，最折腾人的就是那一颗变化无常的心。

那是因为，把心情放到很多事上根据变化成了无常。事实上，无常的不是事情的变化多端，而是人用感观来辩证以后成为事物的无常。

天有不测之风云，人有生死病老，这些都属于自然规律。关于福祸相依胜败共存很多就是人为因素。无常，往往超乎我们的审世标准，一旦超乎于想象啊，那颗心无尽的折腾。

修来修去，其实都是在修心的平衡，平衡于任何所有倾倚的一方，那是平常心在失衡里又恢复到平常的路途。

在柳暗花明的转身处，似乎又是陌上归人。本身就是归人，通常是把自己当成了不是归人，后来才发现原来自己就是自己的归人。

这一过程本身就是一种自我的迷途，走来走去还是又回到了心的本质，这个并没有改变，改变的只有心因形势与环境在牵扯，因此在纠结里折腾。

究竟是什么，导致走在路上成了迷途中人呢？看不到自己，就是迷失自我，看不到事物的本质，就是枉然臆断。

很多事物本身就是没有变了本质，我们呢，把太多的心情用在定论上否认来又否认去。到了最后什么都没有变，事物还是事物人还是那个人，不变的东西因我们的心在操纵颠覆着它的本质。

初见，那座山水本来就是那座山水；然而，又变成了那座山水不是山水；结果，山水还是山水。

一成不变，是我们的心在浮动。因此，在变。当感觉到变成了不是那个纯正的模样，心在折腾。走到了最后，它一成不变的还是它的本身。

有些折腾的心，就是我们所依个人心情来折腾一番颠覆一番，沉沉浮浮里用心情来主宰着本真，当真相大白幡然醒悟，原来不是现在，原来就是原来。

千里之外的风光，一路上流连忘返，每一处风景如画，每一处独具一格，都是各领风采，看完以后风景还是风景人还是人。

当，某一天又故地重游，惊诧着那时的风景怎么就变成如今的荒凉了呢？

风景还是风景，荒凉的并不是风景的本身，那是因为你曾经走过所留下的记忆里在慢慢地削弱曾经过往。风景依旧如画，心已经不再是回到原来那样的叫人流连了，那是风景不变而人在变。

所有的都在变，心不变景不变，心变了景物已经不是原来的景物。

茶，喝到无味，品尽韵美，留下的味一生所爱。某一天，又喝这个茶，已经不是那个味，其实就是原来不变的味，是我们带着另外一种心情来喝茶，糟糕的心情喝多好的茶都是糟糕的茶，愉悦的心喝杯白水都是最好的味。

茶的本质并没有改变，改变的是用怎样的心品味就有怎样的味道。心能改变一切？心不能改变原本的定式，是人在过程里挑衅了本身的定式。

所有的遭受，都是心情所引发的遭及。

当痛苦与快乐并行时，痛苦远远超过了快乐，是心抛弃了快乐后的痛苦。当不幸与幸运轮回时，不幸往往颠没了幸运，是心磨灭了生命存

在的幸运。

不被看好，就是我们的心有所挑剔，有所挑剔本身也是追求崇尚美好。然而，我们把追求放到了极致后，所不能达到的理想状态否认了原来的好。人生，并不复杂。心，复杂了人就复杂了。生活，并不苦涩。心，苦涩了人就乏味。

世事无常，本身就是正常。正常的心，就是在无常里持衡成平常。

花开花落，还是花。

我们恰好见花开正惊艳绽放，美得让人窒息，一个轮回后看到花落凋亡残叶枯竭，整个世界都凄凉。

月圆月缺，还是月。

我们恰在一轮明月高悬正当圆润，不禁月下欢喜，一个转变后看到月渐缺已瘦去，整个星空都尽暗淡。

事物本不变，是因为随着变迁，人的心境在变。

你还是你，他还是他。最终的回归，都是自己的内心世界。

太多强求以及不平衡，把他变成了你，你又非常的明白你变不成他，他不变亦不是变成你需要的样子，你的心在无休地折腾。折腾在他不是所能应你所想的那样。

折腾的心，最累人。憔悴的样子，有时候就是太多念想所不能企及，然后深陷在殚精竭虑里耗尽心情。

安然的心，不会折腾于执一事一物。你还是你，看到太多无常的事才是正常。

有好的心态，就能随势而顺，任何事物都不能改变他那一颗平常的心。

随遇而安，是境由心造又随转。不变应得万变，纵然万变始终改变不了他的不变。

心不折腾，唯有随势应变，从来也没有变奏过那一颗始终如一格调。

行走在红尘滚滚万丈诱光里，保持着不变的品格，心就不会有摇摇欲坠在深渊边缘的扑腾。

心若徒增折腾，不是守不住安分的心就是凌乱在华丽里欲动，安放不了的心使自己变成了不是自己，离自己就是自己还需要一番彻彻底底的悲惨。人生啊，来来又回回修来又修去，其实就是一颗能气定静安的心。

惊艳的大美任凭岁月荒芜，从远处缓缓地优雅走来，乍一看就是一道让人欣赏不尽的风景。

折腾的心，不见风雅。奈何得了你的不是因为世事多变，是心受到环境形势的牵扯之后你奈何不了你那颗浮动的心。

说到底，人之所以累，就是心在作祟。往往是放到极其不平常里折腾揉捏着本身的平常。

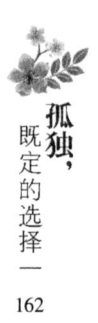

乍见之欢，难以长久

乍见之欢，所喜不长。

仅仅是一见，若有钟情，难以深情。如果仅仅是那一眼，所见之处能有足够的深欢，恐怕也只是貌美吧。

如果说是因为貌美能取悦了人，那还有什么敌得过岁月沧桑后所留下的满眼风痕，永恒不变的不是时光的定格，而是时光的流逝一直把所有以前的模样改变成了以后的认不出来的苍老来。

貌美，虽可养眼，难能养心。能养心的美，就是经得起折腾揉捏都不会变质的心。

乍见，不过就是一层若隐若现的面纱下的撩起或朱唇媚颜或俊俏英姿的迷乱罢了。

不起风，不见雨，难能见真面目。

乍见之欢，怎能与久处不厌隽美？

只有把所有的缺点都一一暴露无遗后，那个原先从一乍见就能深守在所有缺陷上相行的人，才是一颗用博大的心来盛装了另一颗心的修行。

这样说的意思是，只有足够的了解并能完全可以把一个人的丑与俗都做成一种美的进化，才使得深守在岁月里不离弃。

彼此间，心里都有一片海，风来抚起万重涟漪，那是推宽及心之后心与心的荡漾泛菱。在悠悠的岁月里少不了这样的浪花。

久处后，日常生活中那千层的浪花，就是彼此间所用心来淡看朵朵盛放到落尽。

守在岁月里，相宜的心就能持久盛放出藏在平常日子里人们所不被察觉得到的烂漫。

讨厌一个人和喜欢一个人，都是因为太明白。

也是因为，把人的心读到了一字不漏，把字句推敲到鞭辟入里也把全部性情了解到入木三分。然后，或厌恶或痴爱的选择。

选择一个人共守岁月，就是选择贮存了恒定常温的怀抱，是一份不冷不热恰到好处的怀抱，闭上眼睛就无所顾忌地甜睡过去。

我们需要懂的是，不是乍见之欢就能够情深意长地把心安然舒张，那可是一辈子都想贴进的温柔还有赖上的温暖。

岂能，乍见生欢，即付诸一生？

天长地久镌刻，应该是彼此间有过痛彻心扉到刻骨铭心的故事，这个结局也应该是曾经无比的凄美和壮烈。

有过艰涩经历情，分分离离都只是过程，最后谁还是舍不得离开了谁。它像一支张弓不回头的箭，百步穿杨紧紧镶射在箭牌上岿然不动。

不为谁所动，那是看懂以后作出的最后选择，不得不紧紧黏附生怕不见了的好。

两个人的世界里，需要掀起生活的一些风波。有些歇斯底里的呼喊，走到最后的一站就是彼此间都懂得对方所在意程度。

人与人相见，有时候或许在乍见间能心生涟漪。也只因为，太过于艳美，太过于粉饰诱使罢了。

没有出于自然的美，一切都是雕饰。人为的造作，怎么能吐露出自然的芬芳。

如果能让人一相处就顿觉轻松，一定就有足够的修养从内心托射而

来的静气,这一种静气透露出端庄的冰清,于空气里缭绕的都是那么的肃然,使人不敢有丝毫的不敬重。

这样的相见,就连呼吸都是那么的有韵律,怎么能不静真?

一个回眸,就能让人生欢。

长欢,需要悦纳。话又说回,悦纳需要在岁月无情里都一一面对无情的生死离别,走着最后情深意长仍旧依然。

真心的相对,并不会有轰轰烈烈的艳美来共行。

极为朴实甚至是土得掉渣最耐看。这样的耐看,往往能让人舍不得离去,自然的美只有一个穿过斑驳陆离的残梦仍然抱着真实走来,它能透过万千的风霜一跃就惊世而出,这样的大美,也绝对不是在初见就能体会得到。

携手并肩的人,只有是任意欢喜至成败落后所慌不择路,回过头来原来仅仅是如此。那是水中倒月,月中有琼楼不可及。

笃定的相欢,脸上不见笑,心却甜如蜜。守得一颗痴欢的心,夫复何求?

不必苦苦等在乍见碎碎念,长久之欢都是在岁月里耐人寻味,足以用一生去追随。

为了能与相对的人久处不厌,多少人宁可穷尽一生也从不放弃苦苦的寻觅。

但,绝对不是仅仅为了乍见的瞬间之欢。

浮动的心，难赴清欢

熙熙攘攘，纷纷扰扰。浮动的心，难赴清欢。清欢处，隔离着一切蠢蠢欲动的狂躁。不同一个世界，自然泾渭分明着拒绝。

臭味相投的浮动，奔着利益而去，在他们那里不是以淡泊的交往为基石，都难赴清欢。一转身，只是有四个字贯穿这样的交往，无非就是——倾轧翻脸。

清欢有清欢的盛宴，筵席上不是觥筹交错热闹沸腾的饕餮大餐。而是，精神与灵魂高处的相互品尝，味觉深长，意会悠远……

独欢自有独欢的惬意。活着，不为谁而讨好，不为谁去取悦，这样的岁月最安好。静美之处，绝对不是以刻意去追逐得来，他内心必然喜清欢且持风骨的存活，这样就不会有自取其辱的悲哀。

自欺欺人的活法，通常就是守不住清欢，因为清欢有蚀骨的孤独。孤独太久，寂寞丛生，所以说，他们往往会一头奔着热闹处去寻觅欢乐。当繁华落尽，曲终人散后，这种要命的浮心躁动着，觅不了一点宁静。于是，满袖哀愁油然感伤……

你，不要不承认浮动的心太凛冽，浮动的心就是灵魂的严冬。这个世界，冷露了，肃宁了，你内心却也按捺不住了。你或许，不敢否认浮心躁动牵涉着你心魂。之所以，往往不愿去承认又一味地去迁就。这就是，人性的弱点与矛盾。

退一步来说，严冬瑟缩与暖阳朗清哪里是最理想的活法？于此，应

该明了抉择了。

最热闹的地方，或许可以得到感官上的刺激与某些方面的填充。真正的清欢，恰似遗世的孤傲，纵使一个人左手香茗，右手书本，也可以活得很优雅。这就是内心的丰饶与清高。

浮尘，飘忽不定。心，因为真的没有归宿，仅能随风缥缈，说到底，就是没有可以去选择的余地。转过来说，人有思想向往着安逸，只是因为太浮动，因此借托热闹处去存放，从中渴求得到热闹处的容身。

如此一来，投身一热闹的群体。所有的人性疏狂、浮郁，与败坏，通过这一圈子的滋养，坏的有人比你更坏，不是他学会了你身上的坏，就是你吸纳了他更坏的精髓。这时可以证明，在浮动面前你比他更狠。所以，才更坏。为什么这样说？

原因就是，一个浮动热闹到臭味相投的群体里，同样的习性，一定区分出谁能去驾驭谁来。你多坏都好，也一定有人会投味于你，力挺于你。说白了，你坏到一定的程度，一定就会更惨败。所以，他希望你更坏。或许，他不是想去取缔这种坏，有可能就是希望你毁灭。所以，他只观望。

清欢的心，守得住在繁华灯红酒绿的推杯把盏，克制得住席上山珍海味。这席间，一阵推让，一阵贴语，一阵大笑。然后，沦陷了。再然后，权钱交易，阴谋诡计，连逆了最初的宁静。他们到了落入囹圄才悔悟，拥有的物质世界愈大，清欢就愈容易失去。与此同时，也失去了世界。

以浊为欢、以清为苦的人，在他们眼里混淆是人生的欢快是从热闹翻腾中来的。乃至后来，才发现原来人生最静谧的心境，最理想的生活来自于心灵的清欢啊？恐怕，到时迷失回不了原路了……

当一个人感觉野菜的清香胜过了山珍海味，或者看出路边的石头也许比钻石更有魅力,或者觉得聆听林间鸟鸣比提笼遛鸟更令人感动,或者体会了静静品一壶茶比吃一顿喧闹的晚宴更能清洗心灵,这时的他就懂得了"清欢"真正的博大精深了。

林清玄的笔下曾写这么一句话:第一流人物是什么人物?第一流人物,是能体会人间清欢滋味的人物!第一流人物,是在污浊的人间也能找到清欢滋味的人物!

眼清欢,见青山绿水;耳清欢,贴宁静和谐;身清欢,即见清凉净土;意清欢,方智慧明心。

苏轼有词云:细雨斜风作晓寒,淡烟疏柳媚晴滩。入淮清洛渐漫漫。雪沫乳花浮午盏,蓼茸蒿笋试春盘。人间有味是清欢。

清欢者,清淡的欢。于这个岁月,岂能说不悠长?

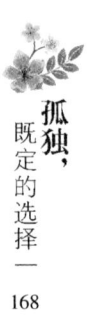

圣德山房，清雅玄妙

　　玄妙圣德山房，坐落于邕州城人民公园一侧。一座绝非陋巷箪瓢等闲之山房，当你迈入房内时，顿惊之余方知别有洞天富极雅致。

　　不过奢装，不造声势，静落一处，于寂无声。屋里藏宝，怀瑾握瑜，珍宝琳琅。宋唐古宝，砚石碧玉，相映成趣，秉承天然，纯然一体，曼妙词曲，竞相飘来。

　　极品奇物，堪称稀世，松懈之心，丝毫不敢有之。唯谨小慎微，恐丝语惊颤。一者，千百流递，价值连城，集历代名流雅士官宦所好。二者，山屋皆由玉、石、木，三者映衬，景雅静兀。

　　一旦走进，浮躁之心，即刻消遁。灵爽之肃清，超然之屠弱，灵性与神实，如此巧夺天工。同体抵达，渗透于万物悟空，拂泄万千俗世尘埃，心身明净雅正。

　　名木贵材，明清传承，精湛见功。古香古色，木艺家具，集天地之灵气，博众学之雅致，缭绕整室之精工，足见先工巨匠，鬼斧之精细技艺。虽上承下秉一代一代，阅前物而未见半点疏松，瞻旧制而无毫发形变之缺陷。噫！圣德山房之名木艺技，此乃精细周密之诠释——万千疏狂，不抵一丝精密。宛若圣德山房精通收藏乃真正的古典家具。

　　玉之上品，奇货稀有，藏之巅值。剔透晶莹，浑厚圆润之玉石，历经百般精挑细选，除去粗糙，摄取精华。承天然之本质，慨大师之雕琢，或龙腾飞舞，或凤追明月，或关公守义，或兽王之尊，形态各异，姿态万千，立卧横沉，栩栩如生。聚天下之玉器，累上剩之尤物。圆润、碧洁、光泽，心灵之泉水，久旱之甘霖。劣质污浊不见剔透，做人应当如是玉。

砚台之上，三尺神灵，堪奇之光。端上砚台，诸张形状迥异，游鱼戏水，碧海深情，惬意游动，温锦缠绵。端石盛水，鱼结连理，一抹亮点，心旷神怡。石当魂骨，水为财皆年年有余，石为誓乃岁岁平安。小桥流水，柳巷烟云，人海熙攘，自然之景象，人文之典章。名家独运，下刀如神，栩栩如生，极具生机，一片大好。

以我所见，端砚之奇特，自然之坚刚，与人近，大气绝顶，致力追求，竹之品质。待一一赏看一张端砚雕刻名画《清明上河图》。

以一观之，行家理道，上述三宝，极值珍存。视别他物，奇珍典藏，乃文字难以穷尽，整体一概，雅典、古风、高贵，错落有致，精致得体风雅。

兴悦之时，与山房经营者廖大圣面对面茗茶一壶，畅叙过往。言行举止间，大圣极其低调，平易近人，笑容可掬，毫无架势，让人心生敬佩。真乃华而不实不做，藏之有值必存。这便是他的经商之道。

更如此，钦佩大圣的圣德山房家有珍宝，不如说敬仰他独具一格的儒雅，还有就是谦和隐能的人格魅力。

秉持上古之道，可以把握当今万有，知道其由来始末，这便是大道的要领了。

由以一首出自刘禹锡的《陋室铭》，喻比山房的物与人。即是：

山不在高，有仙则名。
水不在深，有龙则灵。
斯是陋室，唯吾德馨。

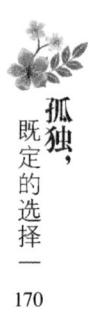

苔痕上阶绿，草色入帘青。
谈笑有鸿儒，往来无白丁。

可以调素琴，阅金经。
无丝竹之乱耳，无案牍之劳形。

南阳诸葛庐，西蜀子云亭。
孔子云：何陋之有？

也就是说，山不一定要高，有仙人居住就成为名山了；水不一定要深，有蛟龙就成为灵异的水了。这是简陋的屋子，只是我的品德高尚，就不感到简陋了。

苔痕碧绿，长到台阶上；草色青葱，映入竹帘里。谈笑、来往都是学识渊博的人，没有知识浅薄的人。这里可以弹奏不加装饰的琴，浏览佛经。

纵观历代数位资深藏家，可谓怀瑾握瑜，拥一物即满堂生辉备受藏家追寻。

如今，大圣的圣德山房里，蕴藏玄妙精美绝伦。

那么，现代有大圣的圣德山房，玄妙了得。

念念不忘，此情可待

念念不忘，必有回响。

生死不相忘，那是心魂相附，足以教人肝肠寸断。也唯独，牵念不觉乏味。

若是情感托付，可以终成眷属，也不枉用半世迷离，换一生安定。这世间有多少相见恨晚，情意绵绵，又有多少擦肩而过，从此不见。

烟花易冷，人事易分。驻守在心中的愉悦，怎能舍得相隔千山万水远，怎能愿意天地各一方长？

假如，情河不枯心石不烂，彼此间缠绵缱绻，怎么还念念不忘？

有一种念想，每每孤思就潸然泪下。大概是过多的寄托，又不能相触及吧。

惺惺相惜的心，无论星移斗转，日月轮回。她若在，世界就意味深长，耐得寻味；若是不在，世界就索然无味，神不守舍。

多少念念不忘，让人痴心绝对；多少难舍难分，让人心烦意乱？

相对的情真意切，一凝视，一对望，心间微泛阵阵涟漪。那是，秋波相送，妙曼舒展，推宽及心。

因为相应，因此相念。

备受风雨，所集于一身的孤独，其实在等待梦寐以求的相知。

相信，在不远处，那一株为生命而生，为生命而等，历尽沧桑依然挺立在荒郊野外，乍一看去，风姿凛凛，吐纳雅涵，苍翠欲滴。就是这

一叶,不舍得凋落,也只为等待拥之入杯,悉心呵贮。

幽深古道,只身入野,千觅百寻后,一转身一定睛,触动心弦,此情可待。

犹天间尤物,得之我幸,夫复何求?

人生的相遇,就是等待着相知的到来才结束百般折腾的寻觅。

悠悠岁月,与之长存,不必相思苦。

念念不忘,只吮一味,入心入骨。

人生际遇,舍弃种种,告别种种。若有一颗挑剔的心,就不愿与违背生命的本味与旁类相融。宁可孤独亦不违心,不等到相对的心,绝不妥协于寂寥时的泛滥不择。

等待,就是煎熬;煎熬,就是考验。

相对的心,一旦相见就真情荡漾,庄重相待。

舒展的心,可盛沉浮;看惯尘世浮华,每每翻滚过后,不过烟气就在心壶之外。而心间留存的是大有韵味的故事,细细回味,心旷神怡。

人生的乐趣,就是守得住清欢,耐得住欲望,寻找一味入心便足以澄净心灵,蕴意十足。

还何苦,贪恋野外种类纷杂的姹紫嫣红呢?

如同,与一盏高马二溪茶相见,相知后直至念念不忘。

初见,始惊;渐次,痴醉;后来,回味无穷,日思夜念。

历尽风雨,洗尽铅华,转身成为静美,舒展便是从容。尔后,散放出生命那一味饱含着清雅与甘甜,足以醉掉了人的心魂,沉恋于结庐在人境,而无车马喧的自然意境里,怎舍得离去?

最持久的往来,莫过于相见时,用一味纯真恬淡来相交;离去时用一种简单雅致来告别。不需要轰轰烈烈,却是格外的刻骨铭心。

那是,饱受孤独后成就了无穷的禅味。这一味啊,盛泽着千秋韵美长存，意气风发越过千秋走过风雨，在荒凉处伫立恢宏的身姿，敢与岁月共永。

那般的落落大方，如此的从容不惊，甚是美轮美奂。一旦亲近，从此万念俱灭，一味见禅。

圆通禅舍邱老，也因此醉生梦死，日夜唯高马二溪茶相栖。

他说，与她虽相处，却念念不忘。我不解，既然在相处，又怎么总念念不忘？

大抵是当爱植入骨髓里，分分秒秒都离不开存在吧。也由此，演绎一场永不谢幕的生命眷恋。

念念不忘，千般斟酌，往复思量。也只因为，生命需要不停歇地与真味神往，与韵美心交。

觑见真味，亲见自己，必有回响。

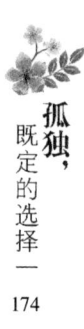

人性的抗争

　　掏心掏肺的话向来不中听,却是真实;阿谀奉承的话一贯就好听,但是虚伪。

　　真实的话,磊落光明,不掩着藏着;虚伪的话,半虚半实,见风使舵,专挑爱听的来说。这两者间,用心本来就有天壤之别。一种在苍穹云端上,一种在阴沟暗泽里,体现的意义迥乎不同。

　　坦坦荡荡的人,恰阳光匝地,风烟俱净。清风朗月一般舒坦惬意。

　　虚伪假面的人,谈论间遂见分量,通常把假意扮演得像真情一样。

　　终究,时间可以验证真假,可以让狰狞奸诈的人原形毕露。

　　真心,可以与岁月共永,与情深隽永。

　　不讨好,就不怕得罪。讨好,就是恐怕会得罪。

　　惯用讨好的人,都是奔着某一种需求而来。也只有用讨好的方式获得暂时的好感,从此建立起没有生命力的信任。往往,一旦得逞后,便杳无踪迹。

　　虚假的"真"被识破后的不堪,让做假的人无路可退,索性就人间蒸发了。

　　有些事,不是不懂;有些人,不是不识。德行高的人,一般来说不愿去点破,而实际上,却把一言一行完全了然于心。

　　这不用刻意窥心,而是假的作为自然就大白于公众,夭折于自然的大道。

真、善、美永远是人间的正道，人生不可缺失的品德。

生来本是纯真无邪，走着走着把持不住种种诱惑，彻底让假恶丑俘虏，收复于腋股下，从此往后，颠覆了人之初的本性，走上癫狂妄为的不归路。

一直走，没有尽头不见彼岸。于苦海里覆没了生命，那是天道收复掉了不该有的生息。

惨绝人寰的作为，似乎层出不穷。有些人的生命遭受到了不可想象的虐戏，骇人听闻的事，使人顿然不安。

一个人，如果不是秉持着真善美的品行生活，大概是自我残害。

横行霸道的虐渣，绝对不接受生活下去的公允。

最近一则新闻报道：

一个家庭，女人遭惨家暴。不是一次，而是八年。到最后，女人一次次的妥协滋生了这种男人的魔性。

某一天，因为争吵，这个男人用刮胡刀直接对他妻子割了鼻，现今也只能靠嘴巴来呼吸。

与这个事件相比，还有太多泯灭了人性的虐行。每每听闻就热血贲张，如果可以，这些人应该受的惩罚用五马来分尸绝不为过。

属于人间的败类，禽兽残渣，应该是诛九族，也难以平愤人心。

而这样的残孽，于当下存活太多。对于我们生命的个体多么的微薄，也只能发自内心的呼吁表示谴责。

发生惨绝人寰的一些事，所遭受残忍的伤害，有时候就是在吞声忍气里惯坏。

若不是自然发生的天灾人祸，一切违背自然的行为，都有因果关系。

认识一个好的人与认识一个坏人，前者就是坦坦荡荡，城墙四开，来去自如。后者,则是与阴森恐怖共行,在为自己的人生的悲惨下了伏笔。

与真善美共处,于人世间拥有浩然之气,谁人都恭敬。

美好的人性,属于人类的本真。一旦失去了本真就是违背了天道。

人行于世,必须遵循并尊重三个原则:

一是尊重大自然的规律;

二是尊重内心,守住善美;

三是尊重人,与人为善。

这样的人,备受人们的爱戴,并得以天道的庇护。

纠缠·不清

纠缠，本身一种病，这种病直扼要害。掺杂毒素愈来愈深，最后，在一些鸡毛蒜皮的小事上难以自拔便病入膏肓，也会在纠缠不清中累垮了心身。

这个尘世，没有谁与谁非在公平与对错里对峙着能活得轻松。胸口缠绕着那一口气，释放不了也压制不下，蛮穿着隐痛着还得为讨一个说法，绞尽脑汁不露破绽地圆满措辞，膨胀自我的面子上无限的私化。怎么一个"累"字了得？

争吵不休，于是蛮烟瘴气。即使春暖花开的季节，也如寒冬凛冽风刺到骨子里去。你需要知道，纷争若在，不息事就难以静心宁人。直至后来，久了，厌了，倦了，然后，心碎了神伤也到了，再然后，把自己给自己憔悴得不见精、气、神。说到底，不是跟事过不去，是在自己的生活里与自己过不去。

在这偌大的世界里，受伤本身就是生活的一部分。人若活着，必然会有中伤存在。有些时候，不意挪动脚步，就是在一条臭水沟旁闻味，本来极有修为的你，也给这味熏得周身无从散去。

一旦在是非里纠缠，黑白便无从去辨别，别人在别人处加油添醋一番，飞短一番，流长一番。你见状后不解气，也在别人处寻找同仇敌忾一番，诉说一番，渴望得到更多身边人的共鸣。于是乎，为你遭遇抱不平的人，给你助阵了继而对峙的气势，为了生了愤怒站在中立角度去看

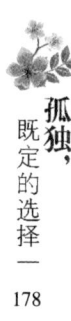

的人，此时选择了沉默。

让你顿失滔滔的感觉是，看似前者为你呼吁不平，实际上你更会在与别人纠缠里不清了自己，也是迷离。后者，缄默时，你也觉得悲哀，因为不去为我伸张"正义"，也是孤寒。这时，你在前者得到迷离，后者得到孤寒。突然之间，天地旋转，满袖苍凉。

纠缠，本质上就是你与他人的不清，不必渴求得到他人的公允，别人不愿去为你分摊这些往自己身上泼粪的事儿。

不足挂齿的事，不提不说，敛首浅笑，继续前行，不必非停下来口沫相向就是一种胸怀。这样的胸怀，说到底就是容量。

吃亏之处，看似有些输了一口气，实际上就是赢了魂魄。最好的回击，就是拂袖而去，不着痕迹，让他在痛痒的伤痕中歇斯底里地平复裂口。

一条小巷子头，突袭来一条狂吠的暴狗，这时你转身轻走，就是保全自己。你若非得捡块石头去回击，它一旦反扑过来，不是在相互撕咬里活不过来，就是在赢得满身血腥下半条命的奄奄一息。

假如，抽身而退。那是，一程驿站，一路亭台，前方阳关大道楼阁琼宇，叠翠风景无不陶醉，心旷神怡自得轻快。抬头碧空一眼万里，低头溪涧小流尤其悠长。

你不必去对胡搅蛮缠的人理论，搅缠的人都有一个共性，不是得寸进尺就是唯恐天下不乱。在锱铢必较的人那里，没有公平的尺度，若是非讨个公道，你伤了损了，他才得逞了。除非，原则上的守卫，否则在一些小事上，你关了这道是风又是雨的出口，你的世界就风烟俱静，阳光匝地。

往往被气得半死的人，只是因为咽不下气。在咽不下气又无从释放的人那里，就会憋着。咽不下又憋着，那是活得无从突破的挣扎。结果，挣扎里面目狰狞。

纠缠不清，理不了头绪。当机立断不了，就只能在牵扯上周转。不见出口，整个人的精神在四面墙壁的迷宫里步步惊心。

一个人，若在意些什么，就纠结徘徊着不定。越是在意到了极度，就越会怅然若失，不取得又觉得空洞，放下了又不能解气。人之所以痛苦，就是一头穿梭在争字里纠缠不清。

你需要知道，恶人的心胸，容不下丝毫的道德，实际上这就是一种良心与品德的沦陷，在自我沦陷里借助一种欺世的态度来支撑颜面，但是，有一点从不会改变，上帝让其疯狂到一定程度，自然就让他销声灭迹，无从容身之地。如果，他疯狂，其他你不必理会，这是他残破人性的过程。

我想说的是，这个世界只要有群体，就会有江湖，有江湖就会有一些暗伤存在。这是因为，冷枪暗箭都是藏在阴暗里，见不得人的东西，也只因为险恶的目的自然存在。江湖的规律里，你躲不了防不住就需要有一定的承受负伤的能力，然后独避一个山间野林里舔舐伤口，你只要足够强大，所有的凌辱打击都只会瑟缩在岁月里殆尽锐利。

纠缠不清时，更容易给人捏住七寸，人家轻轻一敲，你在动弹不得伸张不了里愤怒得不行，躁动得很的心，肝肠也寸断。

得饶人处且饶人，给别人留一条退路，也是给自己一份成全。至少不会在愤恨、愤懑、怨念里削弱了节骨。聪明的人，最擅长的隐忍，把不痛不痒隐去，不温不火地优雅转身，不卑不亢里行乐。

辽阔无疆的心胸，无私自然天地宽广。喜欢泰戈尔的这句诗：世界以痛吻我，要我报之以歌。

把痛当成吻，并以歌来恭送。我想说，每一种不公，都是生活的一部分，你只有经历过种种难堪，才能弹奏起最高难度的曲调，而这样的

曲调，可以让你所向披靡，一曲定格在高端的流转，直抵众人的心魂。

　　有些时候，不必一头钻在纠缠里伸张对错，也不必挣扎在不清不白里哀怨。沉默，其实就是自己尤其深刻的尊重。不纠缠，才不会割伤自己的生命。你想，尘世繁杂人心叵测，你何必去与一个无知的人耗尽生命的厚重。

　　最好的活法，其实就在遇见痛楚里用低处夯实自己的高度。然后，以赏美的心境，轻淡刻画在水墨里的一枝独秀，镶入旷世的深意成一幅回转千万次的画卷。

　　最后，你从不去纠缠里，澄清了不染杂色的清白一身。若，胸怀大了，一切该轻轻来的与轰轰烈烈的，都能融会成生命里贯通着精彩的纷呈。那是，精彩的活着的需要啊。

一盏乾坤，以修清心

一盏乾坤，明心见性。唯独处与，风烟俱净。

古人有闲情，面对一盏乾坤，需要沐浴更衣，焚香怡神，闭目听琴，逍遥游于天地间。有茶香，就有精、气、神的氤氲。人啊，一旦与茶相处就境界深远，乾坤无极。

活出境界的人，就只在一盏茶里禅定，心神妙和，与禅相印。功名利禄，最终极的回归，也不过如此，一盏茶蕴藏了天地间的浩然正气，那是阴阳同修，圆通道岸。

于山水间，松坯煮茶，静雅思听。那一盏茶集齐了大道，用极具简洁的方式在这火与水的相融，茶与壶的相附诠释出生命苍劲的真滋味。

这一味就是禅，是一种无声的语言。不用表述，只能意会。饱含在色、味、觉里都是真实的声音，每一句一顿都是浓意深情。它将赋予纯净的灵魂，在最后一次的生命怒放于空间里弥漫出圣、雅、香……

不可说，就印证了释迦牟尼在灵鹫山的说法，只拈了一朵金婆罗花，却一句话不说。众生皆不明，面面相觑。唯有摩诃迦叶轻轻一笑，即是悟心，心领神会，而不可说，不可说破。非不能说，而是只有心境、人境通透，才能贯通。

最动听的语言，恐怕也只这一盏茶里能直接抵达到人心说尽一切。随后，心境人境皆通透且厚重了自己的生命。

用一命呼起另一命，用一味觉醒另一魂。只是，几番拿放，几经翻

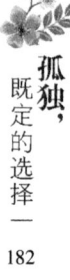

滚后，它便离去，不求得到，只求与懂得的人走一场最后的修行，然后圆寂生命。

茶与人，一切都在静定中进行，完成了一场最有生命价值的对话。茶罢，久久回味的不仅仅是茶香啊，那是茶最后释放生命价值的味儿。

不舍得也得舍得。茶与人缘已到，就相约在此时此刻。

茶，千山万水走来百般曲折，仍笑看风云，百折不屈孤独不苦中守候清雅的本质，等待着懂得的人从千转百回里千挑万选后爱上这一味。

诸如我爱上这一味，就是我从三十多个春秋走来，与它深情相拥。那是，曾经夜以继日中千百次挑选与对比，否认与论证后的高马二溪味儿。

这一味，太绝。像伯牙高弹高山流水琴曲，恰好钟子期经过，这一驻足就陶醉其中，琴曲声声跌宕起伏，摄人心魂从此痴狂。像我所遇上的茶，仅此这一味足以使我一发不可收拾。那是禅定，让人如此的安详，它无处不在，在袅袅茶烟里，幽幽琴声中，一帘高山流水，自然的奔挂……

而这些，就是留守在心底的醉人风光，一步一风景都是如画，像诗人对品茶有云：

初品，可滤杂念，如云出岫，如荷出水，洁净而风雅。

再品，可清心，如月色流光，若平湖秋月，坦荡而清澈。

后品，可染灵性，如凤凰涅槃，如破蛹蝶出，有曲径通幽之感。

真正的茶人以心为壶，藏浮沉于心而不骄不躁，与天地共在，与山丘共饮；那一盏香茗，清而不浊，淡而不郁，以修清心，而藏雅韵与竹音，达到了禅茶一味，天人合一，那是修心的至高的境界。

我虽未能企及，也自知需多与茶栖，因此常赴圆通禅舍与邱老深宵把盏悟天地乾坤，日月阴阳之玄妙。

尽管，与邱老每每相对无言，那是因为有茶气撩人心魂，不必顾及。

即便，无言那也只管守住这一盏乾坤，且看它慢慢释放出琼浆玉液的千言万语。

尤其是面对一泡高马二溪，散放出那种秉承自然且独特的香味，满屋弥漫着清雅。我们岂敢高声妄动啊，这时往往是急忙关起禅门，封锁门外嘈杂噪动，静待这一盏舞动乾坤，直到惊天动地演绎。

也只有它，使得茶人合一；也只有这样的虔诚方可谈得上庄重相待。

《神农百草经》中写道："神农尝百草，日遇七十二毒，得茶解之。茶有乾坤，可解剧毒。"而这一次，难以解开我中的毒，这款清雅悄无声息就让我着了魔一般的神魂颠倒，只要几杯下去，立即就汗流满面，好一个蓄势待发的茶力，蕴藏热量直抵心间，撼动魂体。

古人品茶，筑心斋一间，远在浮世喧嚣之外，有书千卷，茶一壶，静品人间春秋。品的不仅仅是茶，而是静对那一盏乾坤舞动，遂见宇宙间万象俱在，惟妙惟肖舒展着、荡漾着、逍遥着……

我愿，愿在避开尘世的独处一角焚香煮茶，执于一味。把那份幽香、淡雅、清醇默默地品味，把清、正、雅一一揽入心怀。也唯独如此，才不愧对了这一味生命的付出。

一盏香茗，盛满着人间大道，就在其中，悠悠闲闲。品出境界，方见乾坤；尝出真味，遂见真我。

静坐静滤，了无挂碍，则和静怡真。

| 第四辑 |

不忘初心得本真

太多的人总是追着欲望放纵贪念，健步如飞，回首处，忘了最初的起跑线。人生是一场垂钓，放得下，是钓鱼，放不下，是被钓。唯有内心无为，才能获得生命的大无畏。

久处不厌，唯是轻松

两情相悦的心，是一朵花开正怒时与一片绿叶苍翠的默守，能与岁月共永直到花凋零叶枯落，最后双双葬藏于尘土中，不分你我的融安。

没有彼此间的苟求，只有彼此间的供奉供养，轻松宛如带一缕清风，微微抚宁深深懂得的那份感觉，是无尽的清爽，是心悦也神怡。

与人往来的久处，唯独是轻松才不言厌。

轻松的往来，基于彼此间的尊重与平等。

淡淡的往来，最是持久。

人与人的相处，蕴含着高深的学问。

太近了，总有点防御；太远了，又觉得疏离。

太热乎了，又似有谋图。太冷漠了，又觉得孤傲。

概括起来说，就是还没有到彼此打开心胸的城墙。默契的程度，就是无论近在咫尺或远在天边，经年不息的是那一份属于彼此不被光阴掷弃的深情。

辽阔的心，于三千风月与烟尘，五千亭台与楼阁，每一步都有彼此容留的驿站。

亲而有间，近而不黏，却又能彼此欣赏最美。

如果到哪一天，彼此不想说了，只有三种可能：

要么，不想说。因为彼此都相厌倦，不愿往来。

其次，不去说。因为彼此都成了默契，了然于胸。

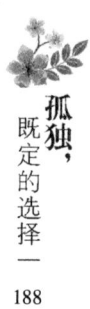

最后,不再说。无奈离去,转变成全,刻骨铭心。

不想说,不去说,不再说。其实,都有话说,最后的结果只是都用缄默来表达。

轻松,更多时候,不用说,却已神往。

愈发笃深的情谊,愈是淡泊处之。

情谊的至深,那是一种情感的所在,它归属于魂体。绝非能用任何物质的东西来代替得了。

如果,情深谊重,即是淡雅习习,这样的往来,尤其轻松。

也只因,彼此之间都是弥足珍贵,安妥放到心间,不会轻视疏忽。

恰同,静水流深,红霞万丈。看似平淡无奇,却蕴含着妙美。

生活中的交往,必定会有这两种往来的留守结果:

一种离你而去的人,另一种一直守候的人。

弃离你的人,让你更能看清原来的你。

为守候的人,你更能看透曾离去的人。

你不必去执着离去的人,也不需要去纠结着过往。

你回头看看,于你生命中留下的人多么深情执着。多大的风雨,都请你住在他心里来。

执着着相对的人,恭送着离去的人。你的世界,从此清静。

若不是彼此的成就,无论多少的迎来送往都只仅仅是过客。唯有成就了心与心的悦和,是清风与明月的相拥。

人与人的往来久处不厌,是轻松与惬意。

守住初心，保持本真

痴心绝对的人，闲时流连于物语；一旦拥有，就不必饱受相思之苦，不必日夜牵肠挂肚。

爱一个人，往往念念不忘。只因为，无法时刻相处；有离别，有等待，就有煎熬与折腾。

但愿有情人终成眷属，也仅仅是但愿，背后的相思与牵念，期盼与孤独会让人啊，蚀骨的沉沦，沉沦在念念不忘；煎心的相思，煎熬也遥遥无期。

念不到的是冷，就如这悲悲的西风，掩不住心里的凄零；等不到的是无，恰是这琼楼玉宇倒于水月，触动心弦却不可及的惆怅……

恋上一物，如痴似醉，人在物亦在。庄重相对，听物私语，明心见性。痴爱一味，可入心入骨，恰见血封喉。

与之相处，平心静气，怎可一日无她？

那是，她踏着诗意走过千山万水，越过高山峻岭；携着韵美平平仄仄走来，大气从容地走来，宠辱不惊地立世。尔后，成为禅定。

远远走来，矫若游龙，翩若惊鸿；近眼一看，低眉含笑，惟妙惟肖。醉掉了人的心，还未曾细语，就已是魂不守舍。

岁月沧桑，多少春去秋来，多少风吹雨打，仍在荒杂蛮地与岁月共永；不老的情怀仍就守朴存真，与天地同在，与日月生辉，与山水为伴。

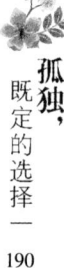

虽居于荒野了无人烟，从不失守住本真，不悲不喜不躁不狂，不与姹紫嫣红争艳，不慕尘世铅华繁丽，只独守一身的苍翠蓄藏灵妙，只独欢一秋的生命盛开韵味。

不畏风雨，守住初心方保持本真。

青青子衿，悠悠我心。但为君故，沉吟至今。

你看，高山不辞土石才见巍峨，大海不弃涓流才见壮阔。而你，不悲于荒凉终得蕴美。

恋上，你那份始终秉承自然，不动声色亦不必求人识香，不须造作也不必哗众取宠，每每相见，纷呈散发出让人回味无穷的痴醉。

这一味高马二溪的韵美啊，撼人心魂，相栖遂见自然的本味，亲见生命的本质。

万径人踪灭

千山鸟飞绝，万径人踪灭。

当飞鸟已远遁，行人已绝迹时，一个人的行走，在荒寒孤寂的世界里独自行走，没有人知道你是谁又将去哪，只有你懂你去哪，为什么去又从哪里来。

静谧旷野中，一个人的独行只有苍凉的背影相随。不见炊烟不见足音，只有峰峦与雾雨，有悬崖与冷峭，走到了天涯海角边就是归宿。

那里没有一户人家，你打千山万水又翻山越岭来，来到天涯海角与岁月天荒地老。

孤独，终将是你的伴侣；向往，才是你的归宿。

路，到底之处，是心的幽居，心的安然。

光阴把重门深掩，流年的庭院花木盛放，等人从远方来入住。

对的，你必须得学会一个人孤行。

尽管是孤寂苍凉，还有侵袭到你的内心。只有备受了人间冷露，风霜浸没了哀伤，恍然间就明白：其实人啊，在这个世间所有的遭受，都只能自己去担当，太多的指望也不过是一场寄居于空洞。

每每大难与灾祸袭来，不屈的心都能抵达柳暗花明处，不折的腰杆就能支撑一片无垠蓝空。

不愿独行，也总在反复发生。那不是不幸，生活需要你学会独立行走。

放下念念不忘的期待，走一场了无踪迹的远行。

生活中，有一门就有禅，有一门就有美，距离的接近需要跋涉，不仅仅是脚步还有心身。

带上情感，生活不能少了蕴意妙美，也不能少了春日山林。即使是披星戴月而来，终于回来了。

远方，小径纵横交错，只有一条属于自己的生活通道，左与右的选择能不辗转徘徊就不要徘徊，毕竟你总得上路，上一条孤独与漫长的路。

路，就只在脚下。吾将上下而求索的路。

你看，那些飞禽、走兽、游物诸位各有各路。它们或许是三五成群结伴而行，不远处也将殊途散离，它们总得只身远行，远去各自的归处。

你不知道，它们要去哪里。如同，它们也不懂你去哪里。

没有打听也无人问津，更没有人追踪。生与死苦与乐，只有一个人的生命能感触得了。

一个人的孤行，在了无人烟的地方驻足，眺望茫茫江汉，此时千山鸟飞绝万径人踪灭，你不过就是一个你。于大宇宙间，微如尘埃。

渴望过生命的波澜，只恐怕惊涛拍岸时像一条刚刚要游走的鱼，又翻打到了岸边上的起程始点上徘徊。

有些远行，注定到不了远方的归宿。心若游离不定，就不会有明然的心路。

恍惚间，走来就在浑浑噩噩摸索着走来。

像在梦里神游，惊醒来还是黑夜，看那墙边青灯摇曳，帘卷孤独的风拂面而来，原来梦里的琼楼玉宇都是空。

只有白昼，没有被那海市蜃楼的倒影所虚幻。

真正的生活，与孤独同在并且咀嚼着孤独，就在寡淡里见到自己。

不是色彩斑斓的童话梦境，没有大红大烈的美酒。只有，一个行人，一个背影，一条路在延伸，用孤独的心一深一浅跋山涉水，砥砺前行。那，才是你梦想成真的路。

那里有舒卷的白云，绿绿的草原下有弯弯的河流，逶迤的山峦下有成群的牛羊，有高歌的回荡，有亲和的笑容，有香喷喷的菜香，有你的家无拘无束，了无挂碍闲云野鹤一般，那也是在修行的路上。

路上，遇见自己。

原来的模样，不成型格。

青春易逝，梦也太多。梦寐以求，往往是梦里醉生梦死后惊醒，揉一揉双眼认真看了醒来的生活，原来所有的人都已经走在各自天涯，各自上路。

背上行李，走一场生命既定的旅行，只有一个人的路，有些人之所以了无踪迹，不是在你身前就是在身后。

轻装简行，其实走上去寻找灵魂的归处，寻找自己的归属。

见到自己的模样，已经是今非昔比时，那是不断地否认自己的原样，成熟稳重的人往往就是在孤独中走来。

这一路上，没有了尔虞我诈、权势纷争，又怎么会有锋芒毕露。内敛，就是从孤独中走来。

当棱棱角角已经足够磨到了圆润，于人世间看淡，才有"孤舟蓑笠翁，独钓寒江雪"的心境。

鸟飞绝，人踪灭；孤舟，独钓，一人孤独与江雪共融，与冰寒释化冻三尺。

我想，也只有是在孤独里可以抛掷人间纷杂于千里之外，拂去尘灰于九霄云外吧。

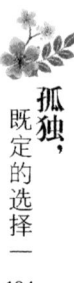

独行、远足、孤影都是如此的清高。

孤独是万径人踪灭后,意思是说:你总得学会并习惯,一个人的独行。

然,随遇而安;就,淡定从容,优雅不尽。

夏，铮魂之最

又是人间盛夏来，清风拂习至芳菲之际，一场最后春雨横空骤降，轮换又一季饱满着激情的夏日，晕开岁月的热烈与幽韵，诗意自在脑中百转萦回。

星移斗转，走来夏日，温暖花开，一轮骄阳悬挂于万里空际，天地间垂成一体，通红贯彻其中，天与地顿生辉煌璧合，一派和丽煦耀以万物旺盛。

文人墨客，对夏的歌颂寥寥几笔概述，对春生机勃勃，秋的风高气爽，冬的冰雪飘零显得偏爱。通常，都以四季的春、秋、冬来抒发情怀，挥墨歌写。夏，为此也惹恼了，于是把热烈蓄足燃烧起一季的风情。

行走在夏日，春稍为矫情，秋过于风轻，冬太偏凛冽，只有夏的执着恰如旭日东升，冉冉升起，通透众生，耀辉万物。

激情的夏日，一如既往着炽热。稍伴些夏风习习，让人更倍觉神怡清爽，使得天地间更有韵味雅趣。

"麦随风里熟，梅逐雨中黄""夏风多暖暖，树木有繁阴"，夏风的热也别有一番风味。"荷风送香气，竹露滴清响。"孟浩然则陶醉于夏风的芳香，温暖芳香的气息窜入你鼻内，谁不陶醉……

偶尔，炽烈的夏轻洒一场夏雨，以此滋润大地的呼唤，不时清洗夏天的尘世，正是这清新朦胧的雨。"七八个星天外，两三点雨山前"，辛弃疾描写大雨将至："黑云翻墨未遮山，白雨跳珠乱入船"，苏东坡雨中泊船，但他们的雨过于粗犷，有时显得过分的狂野。

真正使人欣赏的是"水光潋艳晴方好，山色空蒙雨亦奇"的空幽。在雨幕笼罩下，连绵不绝的群山，迷迷茫茫，若有若无，妙不可言。

夏，纵是炽热无比，万般激情，也却从不忘与风相往，携雨共润。不违逆宇宙间的规律。来了，只做好这一季。不至于，忸怩得虚张中颓废，让天地间厌恶到排斥。

盛夏的风与雨，恰同夏的神与韵。有了神采，随之自来雅韵。一季的骨魂，由此而铮铮有声掷，绝不含糊。要么，隐晦隐退，输且不问江湖；要么，热情似火，骄阳磊落。

如果说，用四季来界分一个人的生命，那么，春，就是十年不愁，二十不悔；夏，便是三十而立，四十不惑。秋，则是五十知天命；冬，应是六十耳顺之年。无疑，至尊的身魄之最，唯独夏季撩人心魂，因为它本就恰好鼎盛，尤其可人。

盛夏，稚嫩已退尽，骨魂不疏松，未至古来之稀，正值芳年华月，风华正茂之际，融入热情自有神来的一季，终见得美景。

红尘修行

修行，不必非避车喧马嘶隐隐于山才可以修炼。不在热闹折堕，仅仅筑心一间就是最高的修为，这也是因为内心已修篱笆树。

如果，把心掷置在喧嚣里却不起一丝丝的波澜，即是在红尘滚滚里无痕的修炼。

像武林高手，飞檐走壁身轻如燕来去自如。轻盈飞过湖泊之上不沉沦亦不扑腾，那样是功力的深厚，是行山流水般的自如。

所谓的修行，最终目的不是高人一等，技高一筹。而是回到最平常的生活来，用尽心来体验本我的生命价值，本真的生活意义。

明心见性，也是从平常到复杂去，然后又从复杂里追求平常。

那么，怎么样的修行才是需要的境界呢。

仅仅是：开悟。

这就是一场私人化的灵魂升华，然而这样的进化也是为了达到人心与自然合一。

或许会发现一种疗愈的天赋在觉醒，一种蕴含无比的智慧在呼唤，然后对地球和人类达成深切的守护。这些，都是前所未有并在隐藏那么多年来从不闪现过的能量。

可能还有欲望，但不会把它们转化成迫切的渴望；可能还有抗拒，但不会把它们视成万恶的嫌弃。

然后，你的人格将变成一种流畅优雅的舞姿在人间来来去去与天地

存在合一。

此前，辟谷修行风靡人类。即不吃五谷。

辟谷源于佛教修行，达到净化身体的作用。

这样的意义，又是在怎样的一种状态下完成呢？

令其，饿其体肤只饮流质与世隔绝一周期后，实际上得到的效果又是怎样的呢？

上述两个问题，不得不去深思。当然了，我不排斥，也不把辟谷变成一种唯一修行的需要。

蒲团盘腿而坐，双手合十诵念经文等，所有的过程，我想也不仅仅是为了减肥需要。我更认为，应该是一种在寂静中作为一种修身养性。

而修身养性仅仅是修行的一种方式，我看来也仅仅是修行的初级阶段，也是一种通路。其目的，还是把生活与本我融会贯通，心神一体。

我想，这不仅仅是靠短暂的修行可以达到一定的境界。

最高的境界应该是：行走在生活里的日子时刻都是在不止不懈地修行。

修行，就是持久的试练思想之丑的过程，深刻关于内心存在的空虚，彻底清除自我的意识。

辟谷最终的目的大概也是，让身心和谐于自然、和谐于社会、和谐于生活的需要吧。

信仰的力量于宇宙是无敌。

修行的需要于人类是守护。

一个人的信仰，径直地往信仰之路走去，达到生命与信仰相融，甚至可以为信仰视死如归。

修行，是人类从混沌里把生活的秩序打理到井然，把内心贪欲复杂的东西逐一卸除，让人的言行德性似一缕来去都是风轻也云淡的逸美。

但绝不仅仅是远离尘世喧嚣，隐隐于山间就可以达到的境界。始终是回避不了极度的孤独感、沉重感抑或是绝望感的相抗衡。

说到底，修行就是完全可以毫无顾虑且淡定从容地驾驭自己的心性，把外在的众生的一切能以和为平视，众生皆平等。

当自己能体验周遭与世界和自然与他人的连体感，就见到共性的事件大量发生，而你真正能发现一个潜在的主体经众生运作。修行，就是允许一切的发生，然后突然间觉明到一种巨大的平静在降临。

当你进入了与宇宙统一的联结之上。这一刻，你是飞鸟行空，瞬间又是蝴蝶翩舞，一会儿又是山谷独孤，之后又是空寂的天空。你体验到万物的认同后，觉得你是一切又什么都不是。

如印度古代的神明梵天说：你这就叫作宇宙的全过程。

每天都在生活里修行，不狂不躁，不怒不嗔，你就是宇宙，宇宙也是你，你是世间万物，万物亦是你。还有什么放不下的执念，又还有什么拿不起的一切呢？

红尘滚滚而来，修行寂寂而生。心与自然同在，皆是修行。

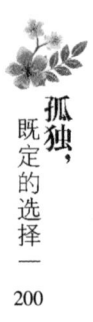

背叛后

  我一友人已步知天命之年,可谓知己。
  平日里不拘小节豪气干云,其性情粗犷又不失于细腻,活脱脱的一个与世无争的茶人。成为茶人,也是看惯了刀光剑影尔虞我诈后的隐退,也只因一款茶唤应了生命的觉醒,然后拒融入纷争与倾轧回到了本我的忠厚和善。多么的难得?
  就近几天,因与人合作产生了不愉快,说为了共同的品牌,着实花费的不仅仅是人力财力,更多的是把这个品牌视如己命的珍爱并不分昼夜对客户进行讲解传播,到头来给人背叛了,——否认并以分裂撤销合作来斥责。于是乎,友人借酒消愁满袖苍凉。
  我得知后细问,了解因由后说,不似您老向来行事的风格啊,面对"背叛"怎么戾了呢?
  你行走江湖算得上是一个柔肠侠骨的人了,平日义愤填膺光明磊落,怎么今儿在所说的"背叛"上栽了一个跟头,还深陷在迷惑里起不来了呢?在我看来,我不见得少了什么就不能活得下去。关于合作的分裂,大致就是一方守不住商业的规则与做人的道义所导致的吧。
  归根结底,还是一人"利"字当头。
  因此,你得看好一个人的面目。不是你有多少君子的心就换来君子的待遇。有些人,当撕开了面目,其实,都是用平常的慈悲来掩蔽他的狰狞。然后,内心深处在计算与布局着。

那么坏人与好人的最后结局，坏人就是坏人，好人永远是好人。

君子斗不过小人也是暂时性，而不是最后的结局。尽管，小人通过包装得逞一时，实际上看似小人都得到了一切，结果因为败给了狭隘，输了人心而注定惨败。

一个人的洒脱与从容应遵循三个原则：

一是不凭恃于谁人来生活。

二是不在势利小人前矮化自己的身段。

三是不因某些需求而让常理常识咋咋呼呼地乞求。

那如果你足够遵循原则，何必在乎一种不是基于道义的人面前低头呢？

一来不必要；二来他还没有资本让人妥协原则。

以鄙人浅见，最大的生意，就是有多少人为他的行为所心悦诚服。得了人心，怎么会没有辽阔的市场？

不必逢人，就不分好坏拿出最君子的心深交。你觉得尽情尽义，不是每个人都这么看。有时候，有些人觉得很理所当然了。

你的慈悲、豪情、道义放到了一个为"利"可以不择手段的人那里，仅仅就是一个工具。

用完，就搁置于不着眼之处。何苦？

心怀苍生，人心所向。怎么去恐慌没有众人的呼应？

不与不懂仁义的人相处；不与不懂恩情的人往来；更不能与一旦得势就耻没了别人付出的人相行。

但凡上述三种人的任何一种，都不会懂得所有的成就，绝对不是靠某一样东西可以持久，那一定是不违背常理具有德行的人才可以说得上真正的成就。

"成就"不是有多少的成功，应该是在未成功时有众人可以披肝沥

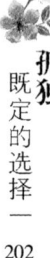

胆帮助，在成功时有众人可以同甘共苦，共同去服务更多应该服务的人。

这人世间，所有的选择，其实都是选人。

多么好的产品，都因人来赋予强大的生命力，共同推动市场的品牌。

一个人品与德行完全丧失，让千夫所指的人，就不配拥有好的产品。那样，会糟蹋了品牌的生命。

真正值得拥趸的产品，一定是有一种谦卑的心，才能发现人们内心的声音，然后才盛装得了四面八方的力量凝聚。

如果，不能用心深交，说什么共同发展合作呢？合作什么，恐怕仅仅是因——利。

直到某一天的崩毁分离，也一定是利在作祟，利在倾轧。那样的违背良知所赚来的钱财，又有什么意义呢？

我说，老兄啊，你平常以君子之心行世，何必为小人过度去愤懑呢。虽然说，这不是发生我身上，我却能感同身受，也不是站着说话不腰疼。

你需要知道，小人的行为，向来从来没有心怀共同体，说得好听，实际上并不是为社会为人们为盟友来考虑。更多的是，就是为他自己谋利，可以以君子之交的方式掩饰，只为利用别人的肩膀踩来的"成就"。

而这样的人，最后能得到的一定就是：众叛亲离。

除非是，明天真的活不下去了非得让他给你钱才能吃饭。如果不是，不必卑微了自己，你问心无愧，做到了该做的事，那就行了。

人去人留，皆常态。有些人只能共行到一个驿站就自然分道扬镳，那是缘已尽，别在苦苦挽留。

与你呼应的人，不会以利相交，那是内心的惺惺相惜，可以义无反顾共同打造江山。

什么叫背逆？很多人有一个误区。

因为，你觉得你为此已经赴汤蹈火了，论情论义你已经是做到了别人所不能做到的真诚与付出。

当别人抽身而去，一一推翻了曾经，埋没了以往。

而你认为，别人背逆了？那是早已经埋下了伏笔。你多忠诚，多豪情得到的仅仅是不平衡。因为，不平衡就认为是一种背逆吗？

关键在于，一开始以利来谋事了。一开始，仅仅是志同，不是道合。

所有的背逆，站在人性的彼岸看去，其实都是选不对人。

因此，时常平衡一下自己的心情很重要。

别人的倾斜，就是为了加重添码他自己。生命的个体里，没有多少人可以为道义两肋插刀，那个年代已经过去，不再是以道义为交往的基准了。

有些人得瞧你的口袋，看你的豪情，算你的数额多与少来与你相行。唯有这样，才不变质，实际上一开始就已经是变质了。

人与人的往来，去留都是一种常事。

别去念念不忘曾经的忠肝义胆，别去纠结在背离契合。

有人在，就有江湖。有利在，就有纷争。背逆，谋算，损害就随利而滋长。

你，保持着你的道义，就是一种最大的得。

在我看来，人以群分，物以类聚。

小人与小人同体，君子与君子相照。坏人与坏人谋合，好人与好人衷情。这个江湖啊，形形色色各类人等，寻找一个群体不难，难在这个

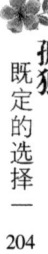

群体是不是能在这岁月里在淡泊里彼此掀起波澜。

这样的波澜,是一种从来没有改变过的初心,是一种在斑驳陆离的江湖里的真实,是一种从内心微微的感动,一种与突如其来变故的从容。

真正的朋友,都是天使的心,天使的待遇,不是要有富贵与荣华来享用。而是,梦醒时分惆怅万千时,就穿着一双拖鞋在路上徘徊来去,不自觉就走到了一个地方。熟悉的地方,因为有相惜的人在啊。

背叛,不是因为你本身不好。更多时候,因为你的好还没有做到满足对方的需求。那么,对方的欲望不是靠一个人来填满。

说到底就是,你既然是填不满,人家当然另寻他人来填充内心欲望,那么,转身离去也是再正常不过了。

凭什么深足在不平等的天平上无限去放轻自己的分量,还深陷在别人留下绝情的背影里黯然神伤呢?

最后,我送老兄一句话:做好自己悦心的那一味,足够了。

别人有别人的盛宴,你有你的茶香。他人的杯盘狼藉他收拾,你的生火煮茶你来做。

不必去看他多么盛大的拥簇,那拥簇仅仅是用酒肉堆砌而来,你的清茶才是最好的人间滋味。

经得考验,一定就是共走风雨就从不离弃的人。人来人往,皆是自然。一个纯正的人,耐得住岁月的敲打,无畏世事多变。像山峦层叠,像逸景竹林,心与魂的相拥,成就了厚重,造就了风光。

刹那间,懂得。茶,在几经翻滚,见质。人,在几番往来,见心。

只有,足够的强大才有强大的共同体。

只有,足够的强大才震得住背叛后产生的悲凉啊。

功名利禄啊,不重要。

重要的就是，天寒地冻时，谁人在等你烤燃一炉火，沏好一盏茶。等着一个满心伤痕的人到来，到来就愣着一边只顾喝茶，那个起火的人就顾着生火煮茶一言不发，也不问缘由，但是他懂。

懂，才是这个世界上最温暖的语言，最深情的表达。

需要知道，不因得失而摇摇欲坠，不因变质了友谊倾翻了自己的重心。

关于背叛的逆转，不是为谁挽留，而是把糟糕的心情逆转回来啊。

人行于世，问心无愧就安然无恙。

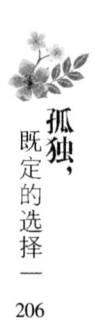

似是深刻，只是浮云

　　某些所谓的一往情深，其实不必夸张成深刻。那仅仅就是一片过眼浮云，风来即遁散而去。

　　浮念，是一种莫名煎熬，煎熬着一种名不正也言不顺的自圆。成全了也难为了痴癫的人把心寄给了一缕孤烟。

　　一个转身后，不见了来人的身影。漫漫长路只剩下自己满袖苍凉踽踽独行。谁愿把自己的背影变成秃颓的荒山呢？那是千古孤寂，了无人烟。

　　匍匐前行，就曲径通幽，风光旖旎。你，终归还是你，别人终究是别人。不必把别人的身影都当成仅此绝无的一道风景。那应该是浮念，人已远走却深陷烟云间扑腾不息。

　　所有的浮念，抵不过内心的真实需要。

　　所有的远去，终成一片会逝去的云彩。

　　灵魂，始终是欺瞒不过生活的呼唤。

　　顾人，也得顾己。

　　抽身而退的人，并非都懂得你那双眸，倾尽思念的苦所流露的期盼。看那憔悴的样子，折煞了心神，搓碎了一地的梦。不是相对经心的人，就不会看懂那深陷在白昼与黑夜的牵念。

　　你站在彼岸上深望，别人竟是扬帆远航。彼岸即便是花开，别人也嗅闻不到丝丝的暗香。任何的真情，若非以青春相抵才换来相应的亲近，恐怕还真的难能相守。

多少人，一生就败在走错了他人的心，回过头来孤身只影，含泪独行。

给青春，留下少许尊严吧。那样，就不必如此肆无忌惮地弃掷年华。

至少，还可以保留着进退自如，优雅转身的能力。

三千里之外，那一个亭台楼阁有情深意长的琴瑟和鸣声。

心，总是要远行。路，总是要起步。

守望的天空，天地之间也就是眼及之处的宽广。

心放到苍穹之处，站在云端之上。何惧于自己不够高尚？不必去咋咋呼呼迎合，不必诚惶诚恐地面对。插上心灵的翅膀，就可以任意翱翔。

所有的借寄，都只会把心放到不自在之处来矮化。你的远处可以托起整个天空。那样，才是你的世界。

不必躲在一片浮云里游离，也不必藏在云波里惶惑。

有些眼泪，需要藏起来。藏不住，也要学会转身擦干。

多么痛彻心扉的痛，到头来也会被更加的痛来抵消，岁月的盐不经意间会增添到伤口。

有些盐，本来就不是自己来撒放。而是，把伤口太过于暴露无遗，借此得到一种口唇之上的怜悯与抚慰。恰恰相反，你的痛也仅仅是因为你觉得有多么的深刻罢了。而，他人并不觉得那是伤，这与他本身并不相关，何苦为难自己。

有多少伤，不是自己本身就有那么的深创。而是，无形之中徒增百倍希望后变成烟消成灰的伤痛。

那是绝望，之后意冷。也是自己给自己轻贱了青春年华。

深刻，绝对不惊于变幻无穷，不色变于陆离诡谲。

如果是浮云，必将四面八方散去。多少轰轰烈烈的思念，终将落寂。

瘦了的人儿，挨不过空想，越不过欲念。

一个可以把心向阳的人，一个转身明媚得很。不管他若隐若现，总之就要真真实实。

念念不忘那一缕孤烟，执迷着一躯转身的背影，都是在他人的世界里海遁游离，偷得一种自我陶醉的安慰。

醉生梦死几番，飘飘欲仙几回。梦后惊醒，潸然泪下，原来啊，把浮云太上了心。迷在自己生活痴心，好过深陷在他人浮云里宿醉。

万里无云之处，看那风景如画草长莺飞，你啊，才是画中人。

枕了一夜的梦，像是烟云处的那一帘幽梦，当西风卷来一切皆浮云。

当醒来睁开眼，朝窗外望去天空如洗，鸟语花香，蝶舞翩跹，那才是最真的生活。

若不是真实，怎么能算得上是深刻呢？

弃去浮云缱绻，不屑于过往，生命一直将会在岁月里无痕的深刻，无垠的奔逸……

无声较量

摆平得了事，只有用善始才善终。非善为无以端直，非善存无以摆平。

善良，就是成就人的未来。也唯有善良，触动芸芸众生的心弦。

而成功，不是用什么方式手段来挤压了谁，排斥了谁；或者是隔离了谁，整垮了谁。真正的大作为是靠善良的心，记住一定是用善美来凝聚了天地印和的眷顾，促使力量从四面八方奔赴而来，从此不弃。

未来的世界，只有善良能一直持正和谐。

如果，这个世界丧失了善良，就是人类的悲哀。邪恶与狰狞俯拾皆是，坏人的同类繁衍增生，残害杀戮将会触目惊心。

这样的一个群体，恐怕是很快就在自我的残杀里毁灭。

一颗仁慈的心，与人为善与物为容。不仁就不义，不仁本身就是背弃了初心，而不义就是违背了人道天理。

不仁又不义，成就了万恶。于这个人世间难以生存。无论走到哪都是来者不善，人们不得不提防着。

不善的人，面目狰狞，獠牙舞爪。尽管，很多各类的道具能暂时掩饰不善之人的真面目。岁月的过滤时间的敲打，可以把一个貌道岸然的人直接摄入到正义的明镜之上。

当一个伪善的人，以恶行来较量善真，不必频繁过招，伪善的人便会仓皇而逃，苍天有眼，善恶分明。

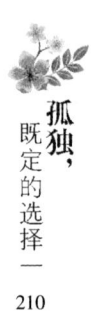

惨绝人寰作恶欺行霸市，苦了老百姓。

善良的人，往往是义无反顾地与之较量。而这样的较量不起烽烟，恶人难以攀登那一堵筑在心间的凛正浩然高墙。

徘徊在城墙的人，与墙内两个世界。

备受冷落的心，是因为人们的鄙视，也因为是天地惩罚。因此，多行不义者终归自掘坟墓。

横眉冷对于恶行，逐于天地间。容不下的将不仅仅是人们，而是人类需要善美的清净，不许恶俗混沌了和谐的秩序。

有时候受害的人，就是一辈子抹不去的阴影，作恶会毁坏一个人的前途。

一些戏谑性的作恶，建立在他人痛苦之上的快乐，恰同频繁发生的校园暴力，或者是欺压鱼肉百姓的损人利己，抑或是丧心病狂的食品造假者……都应该是得到正义的肃清，不归于人类就应打入地狱。

人间，有善恶好坏。一直行善的人，问心无愧，而作恶多端的人，不敢问心。

伤的人愈多，罪大加一级。

当，恶性到了一定的积累，毒液于体内膨胀，就是最后一站的生命终点。人们都在呼吁和谐，前提条件就是善美。

绝对的善美，就能有绝对的尊重。即使，不幸也会遇上不善来者，始终是保持着一颗善良的心，任其撕咬也难以得逞，始终相信邪不压正。

有些适当的还击，不是与其撕咬，不是与之厮杀。不见刀光不见剑影，语言就是一把刀，文字就是一尊利剑，无声中阐明态度，点到即止。

恶，若继续疯狂，就是自我毁灭。且静看，如何的下场。

恰到好处的回击，不因一味容忍来为虎作伥。那是滋生胆大妄为的摇篮。

有方法的扼制，就是强硬的态度，有方式的回旋。

有位读者问我，又遭家暴了，我该怎么办？

我说，离开。

或许，离开两个字不这么容易做到，因有老少需照顾。只是，一味容忍暴力能解脱得了内心的恐慌吗？

本来就因相惺后才相处，究竟是为了什么从相处后又成了残害？

如果说，不存在诸多因素的难以抽身，在允许的情况下无声离去不再回头就好，不必诚惶诚恐地在一个恶人眼下忍气吞声非走下去才能活。

善恶之间，就要有爱憎之分。惩恶扬善，本身就是千古以来江山稳固社会和谐的法则。

曾几何时，人们在独善其身的世故里，助长了作恶多端的横行？

曾几何时，人们在明哲保身的圆滑里，附和了胆大妄为的残暴？

而这些，都值得我们去深思！难道不应该是生命得到保障所应该去审视吗？

所谓善与恶无声的较量，其实是有声的讨伐，却又胜过隐忍。

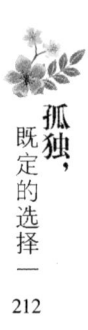

简单成大美

简单,是美的化身,恰似遗世独立的空谷幽兰,它把素淡、飘逸、雅致、洁净、质朴集于一身,站在凛冽的风雨中塑成生命中永不凋零的花朵。

"兰花生于幽谷,不以无人而不芳;君子修道之法,不因穷困而改节"。唯心系简单,不为形式环境所牵扯即活成大美,继而无端的静好。

活法好,生活便有滋味。有滋味的生活,不会有杂质的混侵,一种适合自己味蕾,足以勾起你舌尖上的满足。仅此一味,这人生足以回味无穷!

简单,一种恰到好处的立身。如同水墨国画,一山一水、一枝一叶,处处应运而生,错落有致,不多不少的落墨,该是空白处自是留白。那些,意境与韵味从宣纸上呼之欲出,点缀了整个画境无限韵丽。

简单,一种足够深厚的底蕴。恰似一首情诗,寥寥数语,尽得风流。"跃然纸字间,脉脉不得语。"仅仅几字写尽人间相思愁滋味。段落里字顿间极简,却饱含着欲言又止如诉似泣的含蓄表达,字词间亦浓亦淡总关情。却不知呀,这寥寥数语,早已尽诠情深。

简单的人,内心里极是纯真,直来直往无须修饰。从不需要张牙舞爪,也不需要炫耀显摆什么。从头到脚极是流畅简洁,从内到外透着一份儒雅与贵气。

无论岁月的风怎样吹过，那一脸的笃定和宁静啊，从不曾被打破，隔着悠悠的时空，都是那么的清朗、耐看。

简单，拒之尘世万千浮云，隔绝万恶陆离声色，弃去世间繁杂复杂。他知道，若在热闹混乱相吸里，灵魂处翻滚着浮躁，将难以嗅到一丝丝的恬静之气。

最好的气质，从简美的性情托射而来。简单，是最具有风骨的生活，轻轻一个转身，极度优雅，淡淡一个微笑，让人迷醉。

"举千钧若扛一羽，拥万物若携微毫"。不贪太多，静安在这岁月里，细数光阴流逝，把风听雨，无处不安然。

若问这个世界，能有什么不被超越？答案就是——对极简渴求的人，从不被超越。简单，永远驻守在自己留下的一方田园，四季春意盎然，景深意致。

简单的人，在蹉跎岁月里从容了脚步。那是在悠然中细细咀嚼，最美时光的精神饕餮，那是在人生里勾勒出百般韵美的灵魂高度。那种从脸上荡漾着知足的神情啊，从来不曾失去过……

简单，尔后成为大美。大美，从简单里飞扬，悠长……

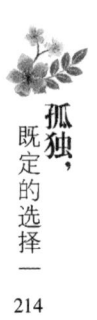

足够的谦卑，盛大的拥趸

　　尘世万千里沙泥俱下，形形色色的人来来往往。人与群分终究与同类相欢，终会与志致深感，终归与琴瑟和鸣。

　　坚守谦卑的人，永远是一抹灵动又低调的色调，它不是大浓大烈，因此不需要用大张声势来表现它的万千光彩。

　　始终相信，驻守在足够谦卑的人那里忠实，总好过留在狂傲自大的人那里忠诚吧。一颗谦卑辽阔的心，是虚怀若谷，它奔逸着清风，时而为拂面悦人；是胸怀宽广恰海纳百川，容融芸芸众生。这样的心胸，自然就有来自于四面八方的拥趸。

　　只有足够的谦卑，才有盛大的拥趸。人与人之间持久相处，是心与心得到盛装的共融，绝无隔阂。无论一个民族抑或一个群体，没有足够的谦卑，自我的毁灭将临近，都是关乎浮躁狂大。

　　简单来说，谦卑就是对万事万物持怀有一颗敬畏的心，这份敬畏是源自于敬重。

　　于这个社会不乏狂放不羁，妄自尊大的人横行。说到底，就是活得不够明白。

　　活得明白的人，他得足够的明白了解自己的能耐，知晓山外有山云外有云。世界之大，皆是藏龙卧虎，高人不语智人亦不逞，也不见谁与谁非以争个唾沫横飞来对决高低。

　　谦卑的人，他们都遵循一种与人为善的规则。也向来不愿意与癫狂的人相为谋，也不愿以自我取辱的方式去还击。

这样说的意思就是，不具备有谦卑的心，就是一种狂妄，这样的狂妄与不存在众生是平等，甚而自觉唯就高人一等，所以众生不入得其眼。若内心盛放着狂傲，以至于把世界的人、事、物都不屑于美的存在，怎么能懂得谦卑的妙美？

这样的可悲，往往表现在唇舌上的言谈间，似乎非让人投予敬仰的目光才达到目的。说来可笑，自己都把持不住内心的狂放，又怎么能驾驭得了本性？

谦卑的人有一个共性，愈是站在高处愈是不动声色，愈是充满智慧愈是低调内敛。因为他常把心放逐于自然，用一颗谦卑的心来放望自然界的那些雄姿英发的高山，从不以雄伟为傲；还有盘旋万里的长城，从不以雄壮为狂；更有大家学者，饱读万卷经书亦不以恃才自大。

谦卑的人，敛首含笑，佛心乍现。

若从人群里乍一看去，不似光鲜外在所夺目，他更是素履以往。一旦与谦卑的人相处，细细品味着他内心的故事往往能撩人心魂，绝不逊于傲无常之人的空洞苍白虚空假面。谦卑，是似佛一样不悲不喜，把世间忧喜、人间苦难皆隐藏在眉宇之间的笃定。因此，不论岁月悠悠，拥趸的人一心所向，交出虔诚无比的心。

谦卑的人，吐纳恒常，收放自如。

用字体来比喻就恰似飘逸在宣纸上的那一行行隶书，圆润大气厚重而收敛。仔细一看一撇一捺不失灵性，不失讲究。不似行草的狂放不羁，不像楷体的中规中矩，从艺术的角度来欣赏，虽然说各有各的个性，对隶书来说，也只因它有足够的张力，却不表现出张放时的那一种内敛。

这个世间本来就没有足够完美的人。生命的存在得以意义上的延

伸,都是走在求知的路上匍匐前行,因为有诗和远方,有新奇与追求。

足够的谦卑,它是一种习惯。事实上它是日积月累下来的养成,待人接物谦恭,为人处世守道,都一一烙印在骨髓里植根,敬重的植根。它本身也是一种立命的常识。

足够的谦卑,它是一种修养。接受批评与自我批评。人前人后极尽优雅,言谈间,慢条斯理不锋芒毕露,更不会巧舌如簧喋喋不休。它本身就体现一个人的素质。

足够的谦卑,它是一种智慧。才华不逞,聪明不外露,更似虎行似病,鹰立如睡。它的含蓄不吐,正是它所能无尽盛装的菁优所——收复而成的睿智之人。它本身就是一种强劲的磁场。

人誉我谦,又增一美;自夸自败,又增一毁。

我们不知谦卑的含义,因此一直都傲视世界,视自己为胜利者。然而,这都只是错觉、形象和幻影而已。不必自傲以免自我作践,任何人所拥有的一切名与利,与大美而不言的天地相比,与浩瀚无际的宇宙相比,都不过沧海一粟,实在是微不足道。

人,一旦有了足够的谦卑就不自觉间暗香浮动,芬芳四溢;举手投足间大气从容,于人于世谦虚礼让,不让人难堪亦不必声张自然间就有盛大的拥趸。

我们必须相信:所有的得,是用一颗无比谦怀的心来盛装。

墙上的记忆

岁月沧桑,一切终将老去,而人最终行将就木,渐行渐近的是苍老,渐行渐远是过去。

近糊涂,近愚钝,近手脚不听使唤,恰似我们老去的父母。念叨了一辈子的话,话少了;行走了一辈子的路,不走了;佝偻的身躯,不是岁月太无情,而是撑起一个家的负重。脸庞的皱纹,不是年轮的镌刻,而是磨难的深刻。

一个从破烂不堪墙徒四壁,到收拾得井井有条的家,这个家多少次的修复,多少次的折腾,终于像点样子,是用心血筑起的家。那是父母省吃俭用,饥寒交迫时也为之付出一切来支撑,支撑起为我们遮风挡雨的小窝啊。

小时候,多么的幸福。家庭从奶奶、父亲、母亲对我兄弟俩都给予极度的疼爱。

过节过年就是我们万分期待的日子,到我们长大成人之后,才明白当年为了过节能吃上一顿肉,父母平日忍受多少饥饿才积攒下来的钱。

我记得,仍然记得。那时还小,正当秋收后的日子吧。有一天父母挑着一扁担的花生,从圩上买回一个装井水的红陶罐,也买回一斤猪肉。当时,在二十世纪八十年代的农村,能吃上一顿猪肉已经是奢侈得不行了。当晚,父亲生火母亲炒菜锅,那种喷喷的香,翻滚"哧哧"的猪油,弥漫了整个房屋,我和弟弟就围在桌边等吃,那种馋啊,垂涎

欲滴，似乎很漫长的等待了，脖子伸长了等。父亲终于上菜了，又转身回去弄个青菜，待青菜端上桌时，那盘猪肉早已经给我兄弟俩扫得精光。

当时，我们的狼吞虎咽像风卷残云，一个转身一盘猪肉一扫而光。父母一到桌前仅见到空盘，简直就是乐坏了，边吃青菜边叫我们也多吃点青菜。那时还小啊，哪懂得顾及父母忍着饥饿炒肉，一盘猪肉父母却沾不上边，也不舍得尝一下，只能嗅闻香气的份，父母却很满足我们兄弟俩打着饱嗝的样子。

当时，父亲的工作单位在乡上，八十年代最吃得香的供销社，那时就是乡上唯一一个五金百货供应处，父亲且做个领导。记得，当年父亲的工资每月可以领到二十元左右。那时，在整个村庄里已经是非常有地位的人了。左邻右舍羡慕得很，我也因此而无比的骄傲，因为，村里的村民都因我父亲是个领导，给足了我小时候该得到的"宠爱"。我，由此感觉就是上天对我两兄弟的极大眷顾。

小时候，我懒。

当时，父亲工作，母亲在田地劳作。主要种植甘蔗、花生、玉米、稻谷，这些开荒、除草、施肥、收割，等等，我母亲全包。我父亲工作回来帮忙煮猪潲喂猪、劈柴煮饭。不工作时帮我母亲耕作。当时，我母亲长年累月在离家十几公里外的田地劳作，一个人在茫茫的野外胆战心惊劳作，每次离远门只要我放假，都要带上我。而每次说带我去劳作，我都向父亲告发，我父亲就阻拦不给我去耕作。其实啊，当时母亲每次去深山耕作，尤其是甘蔗地，四面都是山峰林立，甘蔗茂密，路途崎岖，就是为了带上我去壮胆。那时，我尚小，又懒劳动，我就使性子，一哭一闹就解脱了。我不懂，当时我母亲常年深入山峰环抱的甘蔗地怎么敢一个人劳作。我想，应该是一个家，还有抚养我兄弟俩进而才有这份超常的勇气吧。

小时候父母偶尔会因生活上的琐事吵吵架,待我兄弟俩开始慢慢懂事后,不见吵过了,宁静欢乐的家从懂事那时就一直有。

我母亲刀子嘴豆腐心,话又多点,常惹我父亲生气。我父亲不太爱说话。我那时小,尚记得父亲偷偷和我两兄弟说过:爸爸一和妈妈吵架,你们兄弟就在旁边劝说,不吵了,不吵了。交代后,还真奏效,每次父母一吵嘴,我俩就在旁边一喊,我爸爸就住嘴不吭声,我母亲就自个叨唠,我父亲不接话,就自然不再吵得起来。

母亲对我俩管教得严些,也常叨唠我。每次一说我,我就顶嘴,母亲气得不行又舍不得打骂我。一做错了事,母亲要处罚我,我就搬奶奶或者是父亲来给我"消灾"。

1997年的那一年,是我人生乃至于我们仨最痛苦的日子,父亲因病重去世,我当时十六岁,弟弟十四岁,我妈也就三十七岁。顶梁柱瞬间崩塌,我母亲守着父亲的灵位,就这样艰难地抚养我俩长大,把家打理得干干净净。夜里,常常听到我母亲抽泣,那是想念我的父亲。一个瘦弱的身体支撑起不同寻常的家,我母亲太坚强了。

读书、毕业参加工作后。我妈也常常叨唠我,一叨唠,我就想起父亲,如果父亲尚在准来帮我抵挡,那该多好。尽管现在,母亲也叨唠,我已经不再是对母亲还嘴的对手,我愿意输,也听着我母亲叨唠。

今晚,我对着父亲墙上的遗照,让我想起很多。我想,如果说,我说如果,父亲尚在人间,那我母亲和我父亲吵吵嘴就好了。而我,更愿意听到母亲对我的叨唠,反而觉得不叨唠我,我就浑身不自在。

那都是几十年来沉甸甸的爱啊。

父亲,愿你在天堂常常听到我母亲的叨唠。无疆界的爱透过天间,有母亲的念叨,有我们的怀念。

母亲,你的叨唠,其实也是我的一种莫大的幸福,无以媲美的大爱。您能说话,尽管说,一直说吧,我就爱听。

青春易逝,倏然而过,匆匆忙忙。我们也总归会老去。到那一天,我们的子孙也喜欢上我们的叨唠,那该多好!

留下仅仅是记忆,细看塞外城墙上青苔遍布,还有缝隙中无尽泛黄,还有已经是昏老去的树滕,像似了我们走过来的印记。

所有记忆,就是一面盘旋在墙的时光印痕,抹不掉的有父母亲的身影和声音萦绕,也就有家和沉甸甸的大爱。

上天最大的恩宠,莫过于父母尚在唠叨。

有些人，终究形同陌路

有些人，终究形同陌生人。

这个话题，略为沉重，虽带着忧伤，却难以避免。

有些人一开始难以撇清，更难以放下。最终，心灰意冷不得不撇清，也不得不放下。

总以为懂了的心，本以为同一个世界里的人，却又在不同的语言系统里倒戈。事实上，所有的分歧，大概都是奔着利与得间所去来计算。

所有的付出，一旦要算，就会失衡。

不是每个人都可以无限的给予，也不会是无限索取可以得来的巩固。友谊的堤岸那处崩溃，不是意外而是蚁穴滋生后的植根，危在旦夕处，牵一发将会全盘崩溃。

当回到陌生，其实也不过是相识一场，是匆匆过客，擦肩而过。

其实，我们认为在别人的心目中尤其重要，总以为曾经对别人帮助了很多，谅他也不敢去忘记这份恩情。

实际上，只是自己给自己一个说辞罢了。别人，同样会觉得你也曾经是他对你付出很多的人。

要说这个话题，总会扯不清。扯不清，就不会在辽阔的空间里逍遥自在。狭隘的通道，都难以容下相逢的拥挤。

苍凉的心，永远焐热不了冰点的心。相对不再有暖通，就是极度分裂，尔后绝望，再后来愤懑不平。

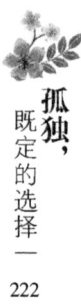

多少两肋插刀、赴汤蹈火成了别人的理所当然？多少翻山越岭、雪中送炭竟成就别人的遗忘？

不乏有成就了的人，辱没了别人的给予。

这样，就形成了一方在给予付出后的失衡，一方接受给予成就以后的不屑曾经。

前者，也忘了曾经的给予，本身就是单纯却又变成了不平，于是患得患失。

后者，有一般成就以后，把曾经所有的苦难以及救济的恩人，一一忘掉，形同陌路。甚至，成为一种规避。原因很简单，不承认先前的落魄，今天的一切仅属于个人能力所支撑的名利。

前者后者的两种现象，说来都是一种可悲。

既是帮助，何必又索取？

既是接受，何必又否认？

目的性太强，都注定无缘共续淡泊的相处。

所有形同陌路，说白了就是各自不愿再期望对方得到悦己。

不悦，自然不再交集。

不是自己不够好，就是别人不够好，没足够的好，就不会共同相逢一个走进生命后就不愿再走的人。

曾经以为，自我以为罢了。当今，一个回头放眼望去，原来人来人往，熙熙攘攘怎变得如此的苍凉？

不必指望太多人与你共行，不必把太多人装进你的生命，人生的路上本来就拥挤，别太在意谁又成为谁的过客。

凡人行世，适而知止，舍予就是舒。用心相对，问心无愧就是君子之交。

最合适的人，是在天涯海角处相逢，彼此间都带着期待和向往，进退万千里远，彼此间纯真似海水与沙滩，谁也离不开谁，不计成本不求得到，只求在海的尽端天的边际。

彼此的相逢，彼此相拥相依，撼天动地。

彼此纯净的心，可以托起蔚蓝的天空，心就云淡风轻，任由飞翔。

没有顾虑、猜忌的心，就不会有急风骤雨的突袭。经得起考验的友谊，于波涛汹涌的海浪是一叶扁舟，无论沉浮无论起落，都能缓缓随行。

婆娑世界，存在缺憾而不得完美。有些人，终究形同陌路，也唯有离去后的陌生，才对属于生命中熟悉的人渐行渐近。

天上的飞鸟你能逮几只，海里的鱼儿你能抓几条？

大千世界，悦心的前提就是不伤人不害人。其实啊，守得住赏心的花朵，有三两株就便已足够了。

有些人，终究形同陌路。

若干年后，如果还可以想起，应该是一阵风拂过，这阵风应该是寄给对方的祝语——珍重。

虽说，总有相逢后的离别或者是形同陌路，不必深究蛮烟瘴雨，不计算不计较就不会耿耿于怀，不怨念不憎恨就不会束缚风度，辽阔的心间更需要清风徐来，不着痕迹……

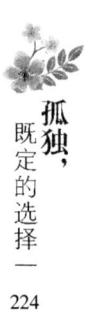

从容不惊，人间过客

人生，如驹过隙。

人与人的相逢，都是生命该有既定。生命的过客，也由此过往不息。

某一天在某一个驿站，有的人注定无缘，至此分道扬镳。也有某些人，从九叉十八弯披星戴月赶来相见，共赴一场只共行到在某个亭台又匆匆殊途而去。

红尘滚滚，人来人往。多么的热闹喧嚣，后来只剩下了寂寥的背影，还有一颗破碎的心。

生活中所有波澜澎湃，都会归复平静。其实，平常的日子才是安身立命的根本。

终归，在一个人的旅途里踽踽独行，习惯了清欢的滋味。

丰满的生命，一直都是在缺失中逐渐完整，在一个阶段又一个阶段里慢慢进增。

不失探索求知的激情，不陷于过往云烟的贪恋。

从容不惊于这个世间行走，像风过无痕，雁过无声，不着丝丝痕迹地轻拂。生命，于这个人间本来就是一个人间的匆匆过客。

人生的路，终究得学会一个人跋山涉水。前路幽深，好奇与希望促使人的前行，也因此让人生命不息，奋斗不止。

曾经路过的那些人，共同走过的那些路。若干年后，慢慢就记不起来了。也只有你自己，记得生命留下的印记。

只记得，因为是莽撞与无知有过最痛的伤，最恨的人……

用爱恨与恩怨，与快乐与痛苦来书写的年华。其实，都只是一个面具。那是，正当二十不悔，因为还年轻吧。

刹那间芳华，红颜弹指老。人生如梦，怕是醒来竟万事空。

然而，我们都只是一个匆匆过客，不过一季换一季，当已步入中年也未必三十而立，未能四十不惑时，不禁感慨万千……

人生啊，如何能真正做到从容不迫呢？

一个人的成熟，就是放下面子来担当生命的顺逆沉浮。

生命的顽强，在这一次又一次的转变轮回里与折腾应对。

从容不惊，方能随遇而安。

人到中年，把年轻时的那些爱恨悲喜，都一一否定后发现自己不够好。这时，所能沉淀下来的就是一颗笃定的心。

唯有，发现自己，方能亲见生命。

从容不惊，需要在岁月里历练出举手投足间的谦恭与谨慎。

不再自大与轻狂，不再回避与自欺。这时的心态应该是：内敛，不敢再露锋芒；谦恭，不再自恃尊大。

这时，已是中年该有的稳重：

对世间百态周遭是非有了洞悉般的明察，不会因蛊惑而沸腾，不会因诬言而颓废。

贪玩的年龄已过，贪念的时期已远去。

这时，到了五十知天命，六十耳顺时回头一看，逝水流年，岁月蹉跎，有惊无惊都已经走了过来。

不论贫贱与富贵，不惊于得失荣辱。眼及之处都看成自然，入耳之言都成了清净。

熟视岁月如流，不因得失与成败而悲喜。顺着自然，把心都交付了

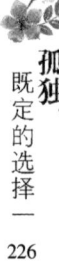

天命，不愧于天不愧于人。就这样，与安详相拥，与平和相融。

与一杯老茶对话，不自觉就念及过往，少年时期的轻狂，中年时期的激昂，这一路走来人生都是梦。

直到老年，才是梦醒时分。

有一位大姐，五十有余。平常闲时，喜欢与我品品茶，说说话。

她曾与我说过一句话，一直萦绕脑海。

她说，她常常不经意间就感动，不自觉会泪流。有时，走在路上，走着走着，就蹲下来看一株草，看着看着就流泪；有时，匆匆忙忙赶路，一回头看到夕阳的余晖，看着看着就落泪。

她问我，是不是不正常呢？

我，沉思不语。但我知道，那是人走到了知天命，尽人事之年时，每一份感动在自然里流露，应该是爱极了当下。每一步，每一刻都是花香鸟语，人间天堂。

人，不再有情绪的起落，就已经是从容不惊的心态。这，需要岁月无情的洗礼，磨难重重的历练。

每一个人的往来或离留，每一件事的成败或得失，于这个生命狼狈不堪也好，喜怒哀乐也罢，都只是过往。

当，一个人不惊于荣辱，不念于得失，不求于物喜，不畏于风起云涌时，就是不迫不躁，不急不狂，然方得始终。

林语堂先生说，人本过客来无处，休说故里在何方，随遇而安无不可，人间到处有花香。

走在人间的路上，不过就是借助一条走上从有到无的终点，用崇高的生命留下一路花香。不待人嗅闻，无限去风发，自己都在陶醉着路上的每一步。

人生本是过客，繁花不惊，从容不迫，生命就落落大方。

披心付出，怎么相算

考验与被考验。

这个过程，不是人离你而去，就是你离人而去。它的残酷，不仅仅限于利益上的纷争倾轧，有些就在对错的争执里栽了跟头。然后，反目对质。

有些诚心，还经不过考验的时间，就已把这座桥梁无情拆散，来不及体现就悄然无声崩落，迅雷不及掩耳就溃散。

也只因为，热得太慢，而冷得太快。不愿等，因为不见暖意流转。

经不起考验，往往是因为不愿再共行；经不起敲打，有时候因为心已锈蚀，人已离去。而对方却以为固若金汤，傻乎乎地蒙在鼓里，直至到了后来，终成陌路离殇……

悲剧的就是：有些人离去，用一生也寻找不出理由，一辈子解不开的谜团。结果，让人难以释怀，不是在自我谴责中痛苦，就是在耿耿于怀里纠结。

烟雾缭绕的谜团所笼罩，就难以见到俱净的前路。

在相对的世界里说起相对的付出，这个话题有些沉重。

关于，谁对谁付出多少，不必去说。因为，说不明白。

江湖的恩情与道义，每个人都有他的付出代价与分量。付出的价值形式多样，方式不同，意义就不同。

最大的付出，更多表现在无形之中。就是用数据显示不来。

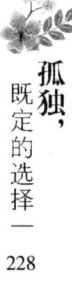

无从收集,就无法衡量多与少。计算不了的数据,只因为都彼此付出过。不见得谁就比谁多一些或少一些。

有些默默无语的付出,其实它隐藏于内心深处的是——责任与爱。

责任与爱,往往不显山不露水,不声张不作势,那就无从以付出的价值来考证。

不曾离去时,予以的一切都是必然。

当某一天,因为感受不到所需要的那份存在与安全时,多少计算在颠覆着当初的必然转为计较。

有些精明,往往在相处时不显现。后来,分毫都要列入债务。应该是,输不起,放不下,所以用讨回的方式来证明原来的那一份真诚吧。

这世间最难计量的东西,恐怕也只有恩爱与真情了。

从同心到背向的转变,或许也是因为算不清的账。精明的人相对后离别,其实有时候都只是一个相互计量的过程,一旦倾斜,便难以平衡内心。最后,翻江倒海即来。

纠缠在算不清的事,纠葛在说不明的话,只有画上句号来结束。

不算,不问,不说。便不懂,有些太懂,就会太伤。

谁为谁付出多少成为秋后算的一本账。

我相信,如果源自于内心的爱,一定是纯净的。

爱,不会出于谋求。

自愿的给予,就是不求回报。怎么谈得上多大的付出?

真正的付出,应该是身外之物所不能对比的,这应该是精神层面的财富。

所有的计算,成为数字以后,都仅仅是数字。因为数字的累加,变成一生的债,也仅仅是债。

然而,有些债务,既然是人为,也可以人还。这与精神的价值取向不同之处就是，能用数字来列成清单的都是有偿的付出，不能用数字来列为单据的都是无偿的价值。

付出的计量与付出的无形，它同样都是付出。

计量的付出与无偿的付出。一种于有形，一种于无形。

真正的价值，从来就没有价值可估。

有些人，有些事。峰回路转，不见又见，不相遇又遇见。这一来来回回，兜兜转转，今不见明见，多少的相欠，让欠的人难堪，让追欠的人记恨。

现实中人人往来，面对一些给予后的计算成为心与心桥梁的崩离。

多少相见恨晚后来惆怅在相遇太早；多少转身离去后来带走计算清单？

计算一旦成了计较，人不累心会累。

付出一经可以计算，人心就纠结了。

那么，活着都是一本还不了算不了的账本，加加又减减里争争又吵吵，生来，计算。活着计较。乃至于后来，所有的付出在计算里颠覆了初心，变成终日惶惑。恐慌付出不复，恐怕计算不对。

不计算的付出，至少就是出于纯净的心。

在计算的付出，必定在计算里人心失衡。

如若，披心相付，怎么相算？

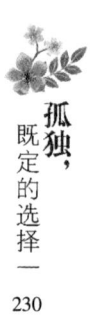

放肆的贪婪

我认为，世间最丰盛的餐补，只隶属于心灵的盛享。

心灵需求，有诸多种类可以满足，前提一定是非功利的追求。既然是非功利追求，那不是给予就是馈赠，不是专注就是无偿。

我的兴趣爱好并不多，甚至可以说是单一。常年以往只有一种可以持续的内心滋养，那就是阅读与书写。

所有的坚持，事实并不是想在这个领域上有多大的成就，更不敢说为社会人类带来什么贡献，但是以文字的方式载些思智心灵的感悟也算尽己一份绵薄之力。

更多的是也只因为，生命需要灵魂的呼唤，促使我长期以来毫无顾忌放肆地品读，贪婪地书写。

或者是，书写成文章后不成体统，不堪入目，也纯粹个人见解，甚至还肤浅。关于能力与水平我深知尚需要提升，平日里也不敢自诩，更不敢过于标榜作家这个名分，怕有辱于这个神圣名分，更恐慌于误人子弟。

因此，向来不参与外界机构的各种邀请或者是学术上的论坛讲座。自知学海无边苦作舟，我本是一个学者，不敢以师道来自居，更不敢随意授意他人。

对于我个人而言，也只是乐于把生活枯燥变成有滋有味，把苍白之处描绘成色彩斑斓，把种种疑惑解析于大悟大白，把缺口空虚填补上密实。

夜里，书写文章，也只为自己白天的奔忙，增添上心灵上满意的享受。我更愿意理解为生活的乐趣，精神的粮食。

也只有品赏文化的饕餮，才是人间最大盛宴。或者是偏执了，只因，抗拒不了生命对品读的渴求，纵是已临近于猖狂，也不忘贪婪品读，放肆书写。

贪婪品读，放肆书写。那些文字篇章里包罗万象，博大精深。让人的生命很以大开大合的张弛，灵魂得到深度的呼吸，思想可以天马行空的遨游，精神层面无尽丰盈。

如果，非寻找一个读书的理由，我也只有这样来解释，因为缺乏也因为愚钝，所以填补，所以修行。

灵动的生命，不需要八面玲珑，那样会世故，会深沉。可以让灵魂清高，眼所及之处至少可以看懂因果并辨别事物的好坏高低和自然标准。

常常是夜里，独自一人静坐于青灯处，煮茶释卷，不闻窗外事，不听风雨声，只把心身置在静谧当中与文为舞，拭去白日里的尘嚣与乌烟。

只有一颗饥渴的心，汲取文化的甘泉，如斯的夜，如斯的心境，多少功名利禄皆被抛于脑后，如斯的你，归处就是本我。文字的指引，走向了通达，也唯有如此，才亲见自己的存在。

只有文字可以填补心灵的空缺，多少空虚寂寞冷，让人纵身于热闹处狂欢，这种狂欢是灵魂的放荡，只能借寄在翻腾里解救生命的所在。然而，多么淋漓尽致的狂欢，都难得到痛快的持久。

当，人去楼空时，独对残羹冷炙。一个人带着疲惫，仰躺在角落边黯然神伤。这是一个将近颓废的人，是把时间挥霍到浑浑噩噩里，消失之后的惆怅哀伤，用一行泪来叩问自己的心魂。

多少人，终日沉浸在声色犬马里被掏空了心，那残破得不堪入目的言行在肆虐着生命的尊贵？

自欺的人，似乎是某种需要，通常把心情付诸在人群里，有酒就有故事，有故事未必有人来倾听，尽管有同类的人来听，那样的故事也不过就是低级趣味的故作精彩罢了。

人，一旦触及不到生命的触角，就无法唤醒心灵的沉睡。终究啊，梦会醒来亦会碎去。若干年过后，因为缺少了学习，生命哀转久绝，原来一路过来也只是浑浑噩噩，无从参考，也无从衡量，更无从识别事物的自然规律。

与书相处，才让人明智。当然了，社交也同样让人学习更多。只是，与一本好书和一个人的相处不同之处太多。面对一本可以让自己受益的好书，不必要去顾及性格与脾气，不需要去揣摩心情与悲喜，放肆地读贪婪地品有利而无一害。

与人相处，总有顾忌。不敢过多声张，每个人都有自己的脾气，也有自己的风格喜好。说话，得谨慎点好，共事，得照顾些感受。于是，人与人之间的相处，有太多不能与书相处那般的自然轻松。

多少迎来送往，多少违心相行。最后，扭曲得不成样，因为一些堆积物的妄念，一些颜面上的增辉，一些作为上的虚荣而违背伦理与自然的规律，轻贱了自我的人，都是源于沦陷在无知。

一个民族，若是文化的匮乏，始终是软弱无力的存活；一个人，倘若文化的缺失，终究在鲁莽荒谬失态。

调查数据显示——

乍一看，让人忧喜交加，但还是忧大于喜，这里且不谈阅读质量，仅国民人均阅读图书为 4.35 本的阅读量就很难让人高兴起来，不妨与周边国家以及法国、以色列国民年阅读量的数据做一对比：

日本 40 本、韩国 11 本、法国 20 本、以色列 60 本。还有来自联合国对世界 500 强企业家读书情况进行调查统计的数据：日本企业家一年读书 50 本，中国企业家一年读书 0.5 本，相差 100 倍。再就是来自网上的一项相关国家每年人均购书量的数据：以色列 64 本、俄罗斯 55 本、美国 50 本，而中国平均每人每年购书不足 5 本。

关于阅读，不必多说。

狠狠地读，放肆地品，这个兴趣爱好可以贪婪到无厌。生命，因此厚重；精神，因此丰盈。思想，因此开阔；心灵，因此滋润。

唯有贪婪地阅读，才可拥有开启富有的宝库。知识，永远是人生在世不可忽视的生存法则。

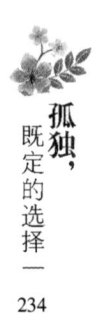

茶与人的江湖

江湖,就是恩怨与纷争。要么,相忘江湖,要么共走江湖。

有人的地方,就有江湖;有茶的地方,就有地位的悬殊。

人与茶不同之处在于:人的行迹于有形有声中彰显品质,而茶更多在这色、觉、味里诠释生命的价值。

其实,茶与人的江湖道义如出一辙。最终,以相向为伍,背向为离。

谈茶性,谈人性。刚烈与刚烈成圈子,柔和与柔和相惜,厚重与厚重同体,醇香与醇香为类。

因此,人以群分,物以类聚。

狂傲与狂傲同类,敛蓄与敛蓄同性。无论种种,就在这偌大的江湖里鱼目混珠,只是对弈才分出胜负优劣。

始终坚信,善恶与好坏,经时间考验后泾渭分明。

人,地位与名望的巩固,靠德行与慈悲。

茶,地位与声威的稳定,靠品质与体感。

茶,一入喉便懂性情;人,一发言就知习性。遇到了对的人,相对一见会心一笑,天荒地老。遇见了对的茶,不约而同丝丝入扣,从此不忘。

笑看风云,笑傲江湖,人间的正道不正是茶吗?把生命的价值体现得淋漓尽致,把心魂痛痛快快舒卷张弛,把真我性情豪气干云到底。

瑕不掩瑜，劣不胜优。拥有怎么样的底气，就有怎么样的气魄；拥有怎么样的品性，就有怎么样的名望与地位。

人，在几经折腾里，知根知底；茶，在几番舒展中，见真见质。不拘于形势的懂，也恐怕只有茶，让人亲见到最原本的自己了。

然而，人与茶的真性情表现，茶似乎是更略胜一筹。它不见刀光剑影的阴冷，没有阴谋诡计的钻营，就在无形无声中把人的心降服，直接抵达到心魂的深处，让人痴醉到不愿醒来。

因此，有些人，厌倦了江湖，看破了尘世炎凉，当铅华落尽，没有什么更值得去留恋，所有的一切终将烟消云散。

我想，退隐江湖之时，只带上懂我的茶隐迹江湖。从此以后，不问恩怨不念情仇，不提过往不忆曾经。

与茶栖，把风吟，听雨声。一人，一几，一茶，居于山水间不闻窗外事，只与茶私语，走入心的话。

人，在几经折腾里，知根知底；茶，在几番舒展中，见真见质。不拘于形式的懂，也恐怕只有茶，让人亲见到最原本的自己了。

倦了，与茶共欢；累了，与茶相依；人间的悲欢离合，江湖的腥风血雨，就在一盏里沉淀了下来。然后，氤氲出醇香清香，散放在苍穹的气与味，那是行走江湖最后的一个驿站，把胜败超然于外，把心身归宿于自然。

只有茶，可以披肝沥胆相印记，唯有茶，拂去尘世间万千声色陆离，让人静定；唯独是茶，教人在几番拿起放下间，忘掉江湖恩怨情仇。

江湖险恶，人间冷暖。有茶在，就少了纷争与厮杀，有茶在，就少了膨胀与扭曲。与茶到老，就是人间江湖所有争夺后最好的地位。

三十功名尘与土，八千里路云和月。抛开一切，茶就是好的功名。

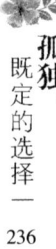

茶有了万千滋味，如同江湖诡谲，用一颗出离的心来品茶就是品心，便可以从容地享受飞云过天、绿水无波的静美。这时，多大的成败荣辱，也只不过就是凡尘里的水，若掬来泡茶，就在茶里品见一世平宁。

我好茶，终日不可无它。

这个它，是我熟悉的高马二溪味，这味集天地之精华汲日月之光辉，置于荒山野岭的高处，多年来持之的孤独不苦，成就极具甘甜，甚是平和。

因此，我对它万千宠爱集于一身。不对，应该高马二溪茶万千宠爱于我吧。总之，一日不见，甚是恍惚。因为，恐慌会神不守舍。那是不见了我自己一样那般的彷徨。

彼此间，入了心，着了迷。怎奈得抽身能退？

唯它平复我的躁灼，还以我宁静；抛弃我的烦恼，给予我似它一样的安详。

与它同在，不念江湖。某一天，可以带着它扬鞭策马绝尘而去，远离喧嚣遁入那幽谷逸林间独居。那样，整个世界会格外的清静，只要守得住这一味。

而这一味，就是江湖各路英雄豪杰所虎视眈眈的至尊权位。

夫复何求？

无为，皆大作为

说到大作为，遂想到老子的"无为而治"。在这个词汇里，很难想象出它的境界，套用一句话，只能意会不可言传的深奥吧。

某些所谓的"无为"，实际上就是大作为，大气象。纵观千百年来的历史人物，有大作为的帝王将相，能够纵横天下看来也在秉持无为中成就。最后，他们在征战江山时从魂魄上气吞山河，在精神里气宇轩昂，在志伟上气势如虹。若去由内察觉，就会发现隐匿于内在强大，平常绝不轻易去显山露水。

真正的强大，心灵质地的底蕴浑厚夯实的，心胸的容量是足够辽阔旷达的。行于世不形于色亦不抒于情，敛于声觉于势。归结来说，懂得大局，也识得形势，一切动向了然于心胸。

我尤其是欣赏这样的人，他们内敛也只不过就是一种低调罢了。不需要去表白与张扬，暗地里韬光养晦，蓄势待发。这种低调是人生另一个层次上的境界。

这样的人也应该是秉持于屈原的"路漫漫其修远兮，吾将上下而求索"。之所以，一直匍匐在人生求知的路途中吧。实际上就是一种厚积与蓄势的需要。当然了，蓄积到了一定力量，自然一发不可收拾地迸发。

通常来说，志存高远的人看似无所作为，实际上，他们的"无为"就是前贤所说的大智若愚，大勇若怯；藏巧若拙，善辩若讷了。大智大

慧的人，向来知道聪明不逞，才华不示的谦怀才网罗得高人众生的帮助。把自己放得越低，心胸与才能愈发盛装。

浮躁的心，所看太大作为。从未沉淀过自己，自然过于宣张。把自己看得太高，却也从来不会去潜伏，捧高了自己，也会摔伤了自己。直到最后，经过岁月的痛苦洗礼，才真正彻头彻尾发现了自己，归回率真。

但凡大作为，成，把持得住自己不飘浮；败，沉淀得了自己不躁动。

越王勾践从政治抱负上来说，是一个有着政治抱负，有着政治眼光的君王，在他战败后，自我检讨，抚国安民，以养生息，图日后东山再起。

于是，就有了蒲松龄的撰联，传承到当今脍炙人口的诗词："有志者，事竟成，破釜沉舟，百二秦关终属楚；苦心人，天不负，卧薪尝胆，三千越甲可吞吴。"所以，从政治的角度来说，越王勾践是个有抱负的君王，还是个能以民为本的君王，当然他的以民为本还是没能跳出他当时那个历史的范畴，是狭义的以民为本。

不过，这点还是应该值得肯定的。至少，当他败落到无从是处时也能沉得住气，图谋大的作为。至于，他灭吴后的种种，智者见智仁者见仁，在这不作往下的评论。

虎行似病，鹰立如睡。智者，把事情拿捏得不偏不倚，不声张作势，不哗众取宠。遵循的有一点就是：在一定的位置上敛于心身，吐纳恒常。

大音希声，大象无形，真水无香。

圣贤亦有云："轰轰烈亡，默默者存。"不是无为，而是蕴藏着大作为，无形胜似有形，它们只是润物细无声，一切在萌生催化中。

真正的大作为是孤独是寂寥中产生的智慧，并付诸一切无声的行动来反复千百次的验证，其后修检与论证中，一鸣惊人。

前提就是，从不停止思想的前行，从不放弃梦想的追求，从不畏惧屡次的失败。即便，生活在人生的最底层，思想一定是放在至高的境界，行动一定是彻底的奋前。

若残缺，就是通过修正得以圆满；大作为，就是潜伏在无声后骤见磅礴。

高山从不以为巍峨，可以伟岸苍翠，江海从不声张度量，可以容百川；大地从不表白浑厚，可以载得众物，长城从不傲然，盘旋着万里的宏伟，经天纬地的大家，从不恃才傲物，同样博览浩瀚书海。

孤云出岫，曲谬而美。凡人行世，无声则形，大作为者在无形中就有大气象，因此无须表白。

最大的作为，是无为，却是有为。

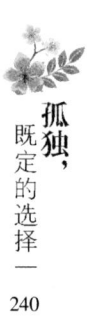

后　记

　　思想的奔逸需要静定中飞扬，那么，孤独呢？

　　孤独，是一个人完全把心身置于静定里心无旁骛地聆听着内心的声音，然后从思想中提炼出生活的深刻，从而产生智慧来！

　　孤独，让人静定，更让人睿智。可以看尽人间世态的千端与万变，可以领悟心身内外一切微妙的事物行止。

　　《孤独，既定的选择》一书的集成，也源自孤独中著写。

　　其实说到孤独，我并不苦。我更认为是因为孤独让我更加深入到生活的本质中去思考研究一些藏在细枝末节里的真知。我始终相信，不同寻常的领悟，往往就是在孤独里煎熬而醍醐灌顶。因此，我喜欢孤独，更喜欢孤独中蕴藏的清高与辽阔。足以让我在深夜里孤独地享受孤独里赋予的一切所思所悟！

　　享受孤独，就不会在热闹中折堕。所有的沦陷，无非就是按捺不住一颗狂乱不安的心，无从寄放时也只能置在热闹中翻腾，淋漓尽致以后终归回到一个人的孤独。问人世间，孤独高深几许？自古成大事者，谁不从孤独中煎熬走来？所以，孤独让一个人成就了自己的心智，看透了人生与生活的规律，与孤独共行，与智慧隽永。

　　《孤独，既定的选择》散文集，从我个人的角度来说，虽媲美不了大家的文笔之风，也不敢妄称多让人耐人寻味，但我始终相信这孤独的结晶总有某段字句可以让人产生共鸣。尽管，文中的每一篇章不尽如人意不至文以载道。我想，坚守在孤独中的每一位作家通宵达旦青灯疾笔，也算是一种对社会人文的付出。

而我所需要的并不是读者的赞誉或者是仰望。我所书写仅仅是为了读者能够通过文字见身透悟，自己就足矣。

《孤独，既定的选择》一书的书名，恰似我的心声，也恰似千千万万作者的心声，也包括选择孤独放弃热闹的每一位朋友。

与我常往来的几位既是朋友又是我老师，诸如：李丹崖、包利民、程应峰、王小泗、邹世昌、冯有才、章尊诚、林汉云，以及网上读书平台，国学精粹与生活艺术，慈怀读书会，无锡百草堂书店，安般兰若等，在此不一一罗列。

幸好一路中孤独与孤独同行，天各一方却是彼此照应，偶尔谈谈文学、艺术、美学，不亦乐乎。与其说共鸣，不如说孤独与孤独相逢是格外入心，尤其相惜。除此以外，还有一直默默关注支持的每一位读者，之所以一直坚持写作，更多是因为诸位读者对我的厚爱与关注。

《孤独，既定的选择》一书，从孤独中走来，也从孤独中感悟。所有的篇章应该是每一位读者对我的寄望与厚爱，让我从不间断过书写，这就是一种孤独书写的人生乐趣。

我时常感动，感动着每一位老师与读者的评言。愈是如此，愈是觉得有很多不足之处，尤其是每一篇文章发出后，读者仅寥寥数语就胜过了文章本身的高度，我不得不恭敬。

岁月如流，时光荏苒。与文字相栖，与孤独同行，还有诸多读者，我快乐并感动着每一时刻。生命不息，书写不止。笔尖上的独舞，非狂即痴，恰许我一场生命的修行。

孤独，既定的选择，选择着与众不同的生活方式。一个人的独立思考，思想在潜行，任凭飞檐走壁天马行空，奔逸一番，海遁一番，行云一番，岂能不逍遥？

　　孤独，往往是能把心灵超然于物外，把身姿脱离于俗世，这等的笃定修饰不来。

西子谦

2016 年 12 月

图书在版编目（CIP）数据

孤独，既定的选择／西子谦著.—北京：中国社会出版社，2018.6
ISBN 978-7-5087-6007-0

Ⅰ.①孤… Ⅱ.①西… Ⅲ.①散文集—中国—当代 Ⅳ.①I267

中国版本图书馆CIP数据核字（2018）第145887号

书　　名：	孤独，既定的选择
著　　者：	西子谦
出 版 人：	浦善新
终 审 人：	王　前
责任编辑：	张　迟
出版发行：	中国社会出版社　邮政编码：100032
通联方式：	北京市西城区二龙路甲33号
电　　话：	编辑室：（010）58124856
	销售部：（010）58124848
网　　址：	www.shcbs.com.cn
	shcbs.mca.gov.cn
经　　销：	各地新华书店

中国社会出版社天猫旗舰店

印刷装订：	北京楠萍印刷有限公司
开　　本：	165mm×230mm　1/16
印　　张：	15.75
字　　数：	240千字
版　　次：	2018年8月第1版
印　　次：	2019年6月第2次印刷
定　　价：	55.00元

中国社会出版社微信公众号